遊鬼簿
爛鬼樓
笭菁
著
爛 鬼
TRAVESSA
ARMAZÉM

目錄

CONTENTS

異遊鬼簿：爛鬼樓

楔子

有人在哭。

那聲音細微到很模糊，但是她仔細聽了好幾次，確定有人在哭。

十點多了，全公司只剩下她一個人在加班，這時間不早不晚，或許是該回去的時候了！但是……她低首看著桌上的文件，還有兩件事情沒做，萬一明天一早有人跟她要怎麼辦？

但是，聽著那莫名的哭聲，會讓她有些膽顫心驚。

總覺得那哭聲好像……一次比一次還近？薛佳燕不安的環顧四周，一旦感覺有問題之後，人就變得草木皆兵，掠過一個影子都會緊張，聽見一點聲音就會害怕。

這不是她第一次聽見哭聲。最近只要加班超過九點，她就會聽到一些怪聲，而且那聲音越來越清楚了。

她起身，決定趕緊收拾東西回家，工作寧可帶回家，也不要自己一個人在這空蕩蕩的辦公室裡……偌大的辦公室裡全無燈光，唯一的照明就只有她桌上的檯燈，感覺多淒涼。

抬首望著自己映在牆上的影子，孑然一身的她影子被拉得好長好長，光看著就有點可悲。

該哭的是她，不是其他人……

薛佳燕把東西放進皮包裡時，門突然「喀噠」一聲。

她驚訝的抬起頭，瞪著自己左前方的門，那門正被緩緩的推開……別怕，她安慰自己，十點半了，一定是警衛上來趕人了！一定是——

『嗚嗚。』一個女孩子的身影，闖進了她的眼界。

薛佳燕想尖叫，但是她及時摀住了嘴，不敢發出聲音，全身嚇得無法動彈，只能目不轉睛的瞪著門口那個身影。

女孩背對著她，她穿著粉紅色的短袖上衣，哭得很傷心，正直直的往窗戶邊走去；薛佳燕不敢妄動，因為在這長方形的辦公室裡，只有她們兩個人……她無法確定那個女孩是人，還是……？

女孩走到靠窗的辦公桌邊，站在桌子前方，用力抹著不停湧出的淚水，推開了窗戶。

她突然驚覺到，好像有那麼一點不對勁？

接著，女孩雙手一撐，吃力的爬上窗戶，半個身體已鑽出了窗外！她不可思議的看著女孩的動作，想起這裡是七樓啊！那個女生想幹嘛？

還在想著，女孩已經站到外面那幾公分寬的窗台上了！

「等一下！」她忍無可忍喊出了聲音。她馬上往前直奔，踢到了一塊東西也沒心思留意，她衝到窗戶附近，只看見女孩一雙腳在顫抖，她的腳板竟比窗台還寬！

「妳等一下！有什麼事這樣想不開？」她喊著，卻眼睜睜看那個女孩子往下跳。

「不——！」

她伸手一抓，沒想到好不容易跑到了窗戶邊，卻什麼也沒抓到。

剛才她的肚子撞上了牆，整個人彎身向外，右手臂伸得長長的，手中卻空無一物。

她難受的抓著窗框，踮起腳尖往下望，她真不敢相信，外頭是省道的大馬路，那女孩就這樣從七樓往下跳，天知道會造成什麼災禍！

她俯身向下尋找，卻發現只有少數幾輛車呼嘯而過，大馬路上的路燈明明滅滅，平靜得像是什麼事也沒發生。

她沒聽見人體落地聲，也沒聽見尖叫聲，更沒有聽見煞車聲……可是剛剛那個女孩，明明跳下去了啊！

啪！

有隻手，忽然抓住了她仍懸在窗外的手腕。

『嗨……』在漆黑的黑暗中，浮現出了一個女孩的臉。

女孩頭頂的腦殼裂了，腦漿和著血流得滿臉都是。

薛佳燕瞪大了雙眼，使勁想抽回自己的手，女孩卻握得更緊，她用指甲箝住她的手，因為抽拔而留下長長的指痕。

『妳總算來救我了。』

「呀——」

第一章・撞鬼

七點半，我動作俐落的把鮮奶倒進盤子裡，扔進微波爐裡加熱，趁著微波的空檔，跑回房間把包包收好，等會兒還得趕去上班。

小小的餐桌上站著一個五十公分高的嬰兒……嚴格說起來，它跟一般的嬰兒不太一樣，它有著鐵灰色的肌膚、皮包骨的身軀，看起來完全不可愛，因為它是具木乃伊。正確的名稱，是「乾嬰屍」，來自泰國。

泰國養小鬼的最高境界，就是把小鬼移進這種乾嬰屍裡，如果能浸在嬰屍油裡更棒！在我家這一具比較特別，它不是移靈進去的小鬼，它的屍身裡原本就有靈魂。

去年，我在上一家公司參加員工旅遊到泰國時，發生了一些事，一整組的人被帶去當作邪惡四面佛的祭品，要不是這具乾嬰屍及時相救，我恐怕現在也沒辦法在這裡熱牛奶。

事情結束後，我回到台灣，它也跟了過來，說跟我有緣分，得跟著我才行；我並不介意，因為老實說，這具乾嬰屍絕對比我之前的同事要好相處得多。

『我要吃巧克力的。』踩在我餐桌上的乾嬰屍任性的開口。

「那個吃完了，我下班再買回來。」我抓起櫃子裡的兩盒玉米片，「綜合水果口味？」

它睨了我一眼，竟然用那張已經不好看的臉瞪我。

「炎亭……我要遲到了。」我沒好氣的說著，搖了搖手中的玉米片，期待它們發出的聲音能誘人些。「我保證今天下午買半打回來，米粒會幫我扛。」

『好吧。』它比我更不甘願的回答，我搖了搖頭，要不是我必須伺候它，我真的不想在這裡為玉米片浪費時間。

我倒著玉米片，一直到它點頭為止，居然已經堆成了一座小山。炎亭，噢，這是我取的名字，老叫它乾嬰屍不好聽，我也不能在跟米粒聊天時，乾嬰屍乾嬰屍的掛在嘴邊，多嚇人？

炎亭愛吃玉米片，而且吃得非常兇，它根本是吃玉米片配鮮奶，絕對不是鮮奶佐玉米片；總而言之，一般小鬼或是乾嬰屍都得用血養，我想我能用玉米片讓它開心，就該可喜可賀了吧？

雖然我一點也不想知道，它那具屍體哪有腸胃功能消化那些東西。

「我要去上班嘍！」我拎起包包，「不准玩火！」

『妳以為我會無聊到燒自己嗎？』它嗤之以鼻的哼了聲，事實上它上星期玩火才被我抓到。

我沒再說話，只是瞪著它。

『好。』它再度不甘願的回答，乖巧的拿過它專用的圍兜兜，綁在頸子間，坐下來準備大快朵頤一番。

我開了門，不必交代它小心門戶，哪個偷兒敢闖進來偷東西，只能算他倒楣了！一定沒有小偷會料到，有人家裡的保全是一具嬰屍。

『安，妳要小心！』關門前，炎亭這麼說。『今天是大凶。』

我嘆口氣，它剛剛又占卜了。

我實在不想信這套，但是我都跟一具乾嬰屍住在一起了，還能有什麼不信？炎亭的占卜準確度高達百分之百，我就是討厭它永遠報凶不報吉。

我快步出了門，今天天氣有點陰暗，說不定下午會下雨。

※　※　※

我，安蔚甯，出版社編輯。

我跟一般人一樣，為了生活而工作，沒有什麼多大的特色，個人的特色就是低調，相當的低調。

我就是那種在辦公室裡，很容易被忽略存在的那種人；但是，我不怯懦、也不好勝，我只要不開口，別人可能就會忘記我今天有來公司。

這就是我。噢！別為我難過，我並不覺得這有什麼不好，反過來說，我每天都以極度低調為目標在生活著。

我不喜歡人群，也不希望人群喜歡我，我希望孑然獨立，不要跟任何人打交道、不談人際關係，可以的話，最好連話都不要說！

「冷漠」是個非常適合我的形容詞，而且我不排斥，因為事實上我就是一個感情闕如的人！我的喜怒哀樂，恐懼與怒氣全都少於正常人，我沒有任何極端的情緒，我無法打從心底愉快的放聲大笑，也沒有辦法體會什麼叫怒不可遏。

以前，我甚至無法體會什麼叫悲傷。當年我父母跟弟弟飛機失事時，我只掉了兩滴淚，我知道他們離去了，我有些難過，但是不知道什麼叫「悲慟」。

去年在泰國的生死經歷中，我意外的找回了悲傷的情緒，後來我哭了好久好久，哭到肝腸寸斷、哭到雙眼幾乎失明，我想起了父母去世的情景，想起了過去該好好大哭一場的所有事情。

炎亭說，我的情感付之闕如是有原因的，繫之於前世，但我能夠把完整情緒找回來，只要我多多出外旅遊……因為我的情緒遺失並散落在世界各地。

聽起來很扯對吧？以前的我可能連聽都不想聽，但是這件事是一具會說話的木乃伊嬰屍告訴我的，還有什麼不能信？

快步跑出捷運站的階梯，路邊已有熟悉的摩托車在等我。

「妳遲到了。」摩托車上坐著一個令人側目的男人，他是模特兒兼編輯，兩份工作都很稱職。

「炎亭早上為了沒有巧克力口味的玉米片跟我鬧脾氣。」我接過他遞來的安全帽，「我保證下午會買半打回去。」

「真任性。」他笑著。

我跟米粒在上一間公司就是同事，泰國之旅也因為他化險為夷過數次，對於魍魎鬼魅，他比一般人敏感些；因為模特兒的工作，常往各處跑，所以遇見的怪事相當多，處理起來也特別有經驗。

我們一起離開前一間公司，來到了這家出版社，他是我的知己好友，說不定是我目前在這世界上碩果僅存的朋友……之一。

我家離新公司很遠，而他比較近，他每天會固定在這裡等我出捷運，直接載我一起去公司上班。

「早安！」同部門的洪麗香剛好在樓下大門那兒，「好羨慕喔！又一起上班啊！」

洪麗香是個八卦王，她的聲音、行為模式都不是我喜歡的那種，我懶得跟她解釋些什麼，只是微笑點頭。

早說過我跟米粒只是朋友，載送上下班是順路，大家要怎麼傳、要怎麼繪聲繪影，那就是他們的自由了，不關我們的事！

畢竟我們管不了別人的嘴，為了別人的話語讓自己不快樂，那未免太不值得了。

這是間規模普通的出版社，以出版驚悚小說為主，業績還不差，在業界頗具名氣。

「噯，安，妳聽說了沒？」洪麗香湊近我身邊說話，我不喜歡女孩子「黏著人」說話的特性。「昨晚薛佳燕撞鬼了。」

一聽見「鬼」這個字，我不由得回首瞥了米粒一眼。

因為他不止一次說過，辦公室不乾淨。

「喔。」我淡淡應了聲，並不希望話題繼續，因為鬧不鬧鬼，跟我今天的工作毫無關聯。

「她昨天晚上在辦公室裡尖叫，把警衛嚇了個半死。」洪麗香挑了眉，全然不相信的模樣。「不想加班就明講，用這種理由很爛！」

「她本來就沒必要加班。」我毫不避諱，「如果你們不把工作扔給她做的話。」

洪麗香明顯斂起笑容，很不客氣的瞪了我一眼，彷彿在說：妳有沒有搞錯？她是打雜的小妹耶！

事實上，薛佳燕是個助理，在我的觀點來看，助理跟小妹是不一樣的。

像我就不會把稿子丟給她校對，因為那是編輯的責任；如果我是美編我也不會把稿子拿給薛佳燕排版，因為那根本也不是她該做的。

不過這間出版社的人很現實，喜歡把最吃力不討好的事，丟給最不敢出聲的人。

在上一份工作中，我徹底瞧見了軟弱者其實有著驚人的反撲力後，就深信對人還是和善一點好。

一進辦公室，果然圍了一圈人。人的本性真奇怪，愛往熱鬧的地方跑——不論搶劫、失火、命案，都沒有人顧慮到亡者的死亡原因和心態，甚至它會不會妄想再擁有一個身體，挑一個圍觀的人下手？

我跟米粒各自往自己的位子走，我們的位子在整間辦公室的最後一排角落，非常適合我們。

辦公室的出入口在左前方，唯一的一道門，裡頭一共十二個OA，非常整齊的以3×4排列，與門同一側的牆面擺滿了櫃子，右手邊就是一整排窗戶。

薛佳燕坐在米粒的前兩個座位，算是最靠左邊的位子。

現在她卻坐在第二排的最前面，有點抽抽噎噎的。

「我說的是真的！我真的看見了！」薛佳燕哭著說，「我看見一個穿著粉紅色上衣的女生要跳樓，我衝過去阻止她，她卻不見了……突然就有人抓住我的手！」

說著，她舉起了手，現場圍觀的人都倒抽了一口氣。

「她還笑著對我說、說說……」下一句話淹沒在薛佳燕的哭聲裡。

我看著左邊的米粒，他英挺的五官朝薛佳燕的方向看去……或更遙遠，那一扇打開的窗子。

「怎麼？」我知道他那表情的意義。

「陰氣變重。」他恐怕又看見了辦公室裡哪裡有晦暗的氣體。

「不過還沒強到讓我能看得見，對吧？」上一次等我瞧見時，已經是相當嚴重的時刻了。「那就表示沒事？」

「那我會祈禱妳別看見。」他笑著這麼說，因為那代表著情況百分之百有異。

我們低低笑著，連快樂的時候都很低調，因為我們都不喜歡有人跑過來問：你們在笑什麼？

薛佳燕的啜泣聲不止，她的聲音在發抖，聽得出來她很害怕，由於米粒說陰氣變重了，那就表示她應該沒在說謊。只不過——

「夠了沒啊！妳造什麼謠？很無聊耶！」厭惡的聲音出了口，「不想加班就講，幹嘛說一些怪力亂神的話。」

唉，又來了。

人群中有位身高不高，既矮又肥的女人，大約四十歲上下，有張連我都很難說沒感覺的嘴臉；她長得其貌不揚，總是喜歡化很不協調的妝，眼睛細細小小的，嘴唇相當的薄。

人說相由心生，她是個最好的例子，小鼻子小眼睛、心胸狹隘、好鬥爭，而且最喜歡裝腔作勢……擅長仗勢欺人。

她為自己取了一個滿有趣的英文名字，叫 Jacqueline（賈桂琳），會說有趣是因為人總是缺什麼才會取什麼名字；像這帶著古典氣質的名字，用在她身上實在一點都不相襯。

我並不是一個以貌取人的人，但是人需要為自己贏得尊重，她並不是這樣的人。

她是老闆跟前的大紅人，說穿了，也只是秘書一個，但卻掌管大小事，甚至連主編都對她禮讓三分；她大到掌控出版事宜，小到連釘書機要放哪兒都要管。

我也被她找過很多次麻煩，米粒呢，當然沒有，因為他是個讓女生著迷的模特兒帥哥；簡單來說，她是個極為擅長鬥爭並享受權力的人。

我個人以為賈桂琳這個名字跟她非常不相襯，但老闆更妙，覺得這名字唸起來可愛，竟然直叫她「巧克力」；這種稱呼要是由我們先叫，她一定會火冒三丈，不過老闆這麼起頭，她當然是打躬哈腰的說老闆「幽默」。

久而久之，大家也跟著叫她巧克力，只是私底下，她有個很完美的綽號：叫做「巧肥」。

「我才沒有騙人！妳看！」薛佳燕站起身，舉起手臂讓矮小的巧肥看，認真的想為自己辯護。「這是她在我身上留下的抓痕！」

「哼！」巧肥連看一眼都不屑，啪的打掉她的手。「誰知道這怎麼來的？妳跟妳男朋友太激情嗎？」

現場一片嘻笑聲，洪麗香很努力的奸笑，非常配合巧肥，逼得薛佳燕臉色一陣青一陣白。

「我並不會因為加班就編這種謊話，那是我親眼所見，我不可能欺騙人的！」薛佳燕咬著唇說，「這裡真的不乾淨，我希望公司能想想辦法。」

「薛佳燕，夠了吧？別拖延大家的上班時間！」巧肥冷眼一掃，「你們還圍在這裡做什麼？還不開始工作！」她邊說，朝薛佳燕伸出手。「我交給妳的文件呢？」

「啊、還、還沒打完。」薛佳燕一驚，急著要回座位處理事情。

「欸……不急不急！」巧肥拉住了她，「我怎麼敢勞煩妳大小姐做事呢？要是催妳，等一下是不是說我身後又跟了什麼背後靈？」

「噗。」洪麗香先出了聲，然後發出火雞似的狂笑。

不跟著笑就代表不合群嗎？整間辦公室裡驀地哄堂大笑起來，只剩下薛佳燕慘白著臉呆站在原地，露出極度委屈的神色；而我跟米粒很難靜下心來，誰也不覺得這有趣。

薛佳燕緊抿著唇，快步的走回自己位子坐下，拿出巧肥交代的文件；那其實是巧肥該負責的，卻每次都交給薛佳燕做。

米粒突然站了起來，走到薛佳燕身邊。

「我可以看一下嗎？」米粒指了指她的右手。她則有點不安的望著他。

所有的視線都集中了過來。我跟米粒算是最不合群的兩個人，但這有個好處，就是我們跟同事的距離拉得很開，不管發生什麼事，我們都不會因而受到影響。

像現在，即使巧肥有意見，她也不敢貿然說些什麼。

坐著的薛佳燕挽起袖子，把右手伸向米粒。

此時她伸長了手，連我都得以清楚瞧見那一道道抓痕，刻在她雪白肌膚上的痕跡。

那真的是抓痕，米粒正仔細看著，從遠處看起來顏色有點深，而且不知道米粒有沒有注意到她的傷痂不是紅色，而是偏黑的暗紅色。

「妳有去看醫生嗎？」米粒輕聲的問。

「看醫生？」薛佳燕錯愕的一怔，「沒、沒有啊……」

「哎喲，怎麼會有人因為這種事去看醫生啊？」巧肥的聲音分貝很高，連說話都讓人覺得不舒服。「拜託，只是抓傷。」

「但是妳傷口的顏色不對。」米粒邊說，還在上面壓了壓。「有點浮腫，至少應該要去打個破傷風。」

「厚！怎麼越說越誇張啦！」洪麗香咯咯笑著，帶著極度嘲諷的意味。「我那裡有藥，等一下讓她擦一下不就好了！」

看著米粒蹙起眉頭，我想情況可能沒我想的那麼單純。

或許，那真的是鬼抓的。

我下意識往右前方的窗戶看去，那是一整排的窗子，向外推開，就能感受到風的流動。薛佳燕剛才說是在哪一扇窗看見自殺女孩子的？我才思忖著，突然就想起來了。她說有伸手出去救對方，而窗邊全是OA辦公桌，唯一有空隙可以讓她救人的……就只有第一扇了。

才想著，一抹粉紅色的影子忽然掠過玻璃窗。

「不要再講這些無稽之談了好嗎？」巧肥不客氣的在另一邊喊著，又轉向我：「安，日期定了，下個月初要到香港去開會，你們趕快準備一下。」

啊！赴香港開會，我差點忘記這件事。

很多人都很羨慕出國這件事情，但好玩的也僅限工作之餘，絕對不包括開會！我們出版社是香港出資，最近想要把這兒的小說向對岸發展，因此需要兩位編輯一同前往，這種拋頭露面的事，通常老闆會欽點米粒這種帶得出去的人。而我呢，則是米粒推薦的隨行者。

我跟米粒是新人，非去不可，同行的當然是巧肥以及她的跟班洪麗香，負責服侍老闆的公關也必須一道前往。

幾位資深員工用一種憐憫的表情看著我們，似乎大家都受過香港方面的氣，聽說那兒的人說話很不客氣，我個人以為是文化跟民族性的差異，就沒把這件事放在心上。

更何況，炎亭說過，我失落的情感，佚失在世界各地，唯有「不斷的旅行」，才有機會尋回。

事實上去年在泰國找回悲傷後，我還沒有機會再出國。

這是間附屬在集團下、規模中等的出版社，即使老闆寵壞了像巧肥這樣的東廠錦衣衛，但其他高層並無心思管我們這種小螺絲釘，我們沒有責怪老闆的必要。

至少他有資金安排我們出國，即使是開會，對我來說也沒有什麼好抱怨的。

這一趟出差是三天兩夜，不過據說會留一些觀光的時間給我們，這讓我覺得香港那方一點兒都不苛刻，至少不是讓我們待在會議室裡整整三天，對吧？

「薛佳燕，妳那份東西十點以前要給我喔！」巧肥的聲音又響起，「拖拖拉拉，做事一點效率都沒有！」

薛佳燕猛點頭，不敢停下手上的工作。

「佳燕，我昨天託妳排版的東西呢？」另一個同事回過身子，也向她開口。

「還差一點點，妳等我一下，我先把巧克力這份做好……」薛佳燕一臉歉意的看著她。

「拜託！妳故意的喔！妳明明知道我今天就要！」

「不是啦、我……」

「薛佳燕，我託妳找的資料呢？」另一個男同事也隔空喊話。

「喔喔，好，我用 MSN 給你！」薛佳燕向右回應著，接著在電腦裡搜尋資料。

「薛佳燕，經銷商那邊的窗口妳聯絡了沒？」

「啊……對方還沒回覆我耶！」

「妳是不會催一下喔！」

整間辦公室的使喚聲此起彼落。記得有部偶像劇叫《命中注定我愛你》，女主角——所謂的便利貼女孩，在每個辦公室都存在；我想，薛佳燕就非常適合這個稱號。

她不反抗，默然努力，但她這麼軟弱，不是我的事，我只專注於自己工作就夠忙了，此時它們已經堆疊如山高了。

我桌上的稿件相當多，其中好壞參差不齊，看到好的小說自是賞心悅目，看到修辭不好、段落不明、注音火星文遍布、標點符號都不會用的，篇篇皆是充滿折磨人的酷刑。

「米粒，《墳場》那篇你看完了沒？」我正滾著滑鼠，談論著某篇我看到第二頁就覺得窒礙難行的恐怖小說。

「看完了。劇情不完整，文字不流暢也不吸引人，我扔在退稿區了。」他點出另一篇，「妳有看過《保齡球館》那篇嗎？」

「《保齡球館》？我怎麼沒印象？」我皺著眉尋找信件，「可能還沒看。」

「三月六日的稿件。」米粒壓低了聲音，「我怎麼看，都覺得這篇很特別。」

嗯？我狐疑的眉一挑，迅速找出那封投稿信。

這是一封普通的投稿信，投稿的作者附上真實資料及文件檔，這篇小說名字就叫《保齡球館》。

「哪裡奇怪？我下午再看，現在你先別說。」我擔心米粒的觀點影響到我。

「故事是說，有個女孩在保齡球館跳樓自殺身亡，而故事裡所提到的大樓……跟我們這棟樓的背景很像。」米粒以一種有趣的神色看著我，「裡面提到保齡球館出事後，原址就改成辦公大樓了。」

我忖疑著，決定上網搜尋。網路非常方便，什麼都找得到。

我打了幾個關鍵字，地名、公司的地址，加上保齡球館跟跳樓這幾個詞，很快就出現一大串搜尋資料；當我再點選新聞時，出現了兩則新聞。

點開來看，不知道是幸或不幸，其中一個還有頁庫存檔的照片。

當照片顯示出來、跟這棟大樓下方一樣的場景時，我的電腦畫面突然跳動了一下。

然後，有陣哭聲隱隱約約傳進我的耳裡。

「不要回頭。」米粒在我想回頭時出聲說話了。

「陰暗的東西總會吸引同類前來。」

我專心凝視電腦螢幕，上頭寫的是八年前的新聞：一個女孩從保齡球館跳樓自殺，摔下去時頭破血流，接著又被路過的卡車輾過，死狀慘不忍睹；據說是為情所困，一時想不開才跳樓，案情結果並沒有水落石出。

空氣變得有點冷，我看著我手上的寒毛一根根直立起來，我瞭解米粒說的，在進這間公司前，他就跟我提過，這是間出版驚悚小說的出版社，所以容易吸引那些東西。

簡單來說，鬼，也喜歡鬼故事。

它們喜歡的不只是故事本身，而是當文字構築出靈異的氛圍、或是閱讀者心生恐懼的時候，那就是它們極為喜愛的氣氛。

有時候，我一面工作，眼尾也會瞥見某些一閃而過的東西，背部也會突然一陣涼，但是像今天這麼明顯的哭聲，卻是從未有過的。

網頁裡還有一張照片，是死者生前的最後一張生活照，那晚她在保齡球館跟朋友合照，笑得很甜，穿著粉紅色的上衣……

粉紅色？我突然想到薛佳燕剛剛說的，昨晚那個穿著粉紅色上衣的女孩。

「安，把網頁關掉。」米粒的聲音突然低了八度，「快點！」

我驚覺情況不對勁，甚至有股風、似乎在我耳邊吐了口氣！

我飛快的關掉網頁，同一時間，我的電腦竟然「啪」的關機了！

我怔在原地，看著轉黑的電腦螢幕，以及上頭映著我的錯愕臉龐。

正確來說，是看著我那張錯愕的臉龐，還有，隱隱約約在我身後的另一個影子。

一個人影，穿著粉紅色的上衣。

第二章・失蹤者

就在我看見不明物體的時刻，辦公室依然忙碌，電話聲此起彼落，校稿的進度迫在眉睫，從責編到美編都忙得焦頭爛額。

也因為忙碌，薛佳燕的工作量也就更多了，隨著她夜夜加班的天數變多，整個人看起來也越來越陰沉了。

「對了！那本主打書呢？」巧肥突然急著大喊，「這個月要上架的書！」

所有編輯都面面相覷，我們當然知道是哪一本，一位重量級作家一年一度的靈異出版品，但那不是我或米粒的工作範疇，此時我們正在處理手邊的稿子。

「那本不是妳負責的嗎？」有人疑惑的問了，「妳說那是年度大事，所以要親自包辦。」

薛佳燕瞥了巧肥一眼，留意到沒有自己的事，然後就繼續自己手邊的工作。

「不說都忘了，上架日期是週末耶！應該早就鋪出去了吧？」

「老闆好像很重視這本，聽說會帶來高利潤呢！」

我看著巧肥難看的臉色，我想這本書恐怕出了什麼差錯！難道大家都沒聽見，她一開始問的問題很像是：那本書在哪裡？

「問題是，書呢？書還沒看到啊！」巧肥語出驚人的喊著，一臉神色慌張。「……

薛佳燕！」

驀地，她喊了個不相關的名字。

薛佳燕停下打字的動作，愕然的瞧著怒氣沖沖朝她走來的巧肥。

「書呢？妳把那本書搞到哪裡去了？」她伸出肥短的手，怒問著。

「什麼？那本書……不是我負責的啊！」薛佳燕疑惑極了，她的確有幫同事處理發包印刷廠的事，但這一本大作是巧肥說要自己搞定的！

「妳少來！我幾個星期前就交給妳了！」巧肥氣急敗壞的拍著她的 OA 隔屏，「週末就要上架了，書呢？送廠了吧？」

大概是巧肥氣勢太驚人，薛佳燕害怕的皺起眉頭，趕緊搜尋電腦裡的資料、郵件，想確定一下到底是不是自己疏忽了。

她滾動滑鼠的右手纏緊了繃帶，從她被抓傷至今已經半個月了，傷口似乎不見好轉，感覺是個非常不好的徵兆。

「沒有啊、我沒有收到妳寄的信！」薛佳燕很著急的回應著，「這本書真的不是我經手的！我連它的封面都沒瞧過，我怎麼——」

「妳少推卸責任了！我明明就發給妳去做的！妳怎能把郵件刪掉，就推得一乾二淨！」巧肥狠狠的瞪著她，「等一下老闆進來，妳自己去跟他說！」

「咦？」她也慌了，「沒有的事要我怎麼說？妳不能把自己的錯怪在我身上啊！」

一瞬間，大家不由自主的交換眼神。

我想大家都有同感，直覺是巧肥出了紕漏要薛佳燕扛，但是這種事口說無憑，如果巧肥真的當初有請她幫忙，假使她把信刪掉或是擺爛，也無人可以證實。

「妳怎麼不會說？連撞鬼這種漫天大謊都扯得出來了，妳還有什麼掰不出來？」巧肥睨了她的手臂，嗤之以鼻道：「還裹繃帶咧，妳演得可真像。」

提到手腕上的繃帶，薛佳燕就噤聲不語，她緊蹙起眉，一臉委屈的咬著唇，雙拳緊握。

我擰著眉，無法判斷孰真孰假的情況下，也不好開口，但我厭惡巧肥這咄咄逼人的模樣。

辦公室內的氣氛已降到了冰點，這件事是相當棘手的疏忽，也沒人敢扛、沒人敢吭聲，反正已經是巧肥跟薛佳燕的事了，其他人還是摸摸鼻子閃一邊涼快去比較妥當。

米粒彷彿沒聽到現場發生的事情，皺著眉，修著電腦裡的稿件。

僵持了一分鐘左右，老闆很愉悅的推開了門，走了進來。

「大家早！」他的辦公室其實在外面，但是他總會進來打聲招呼。

「老闆！週末要上架的大書她沒及早拿去印！」巧肥立刻搶白，「眼看著就要鋪貨的書，現在連印刷廠都還沒有送！」

一瞬間，老闆臉色鐵青。

接下來薛佳燕跟巧肥一起被叫到外面去，沒有人知道會有多慘的狀況，但是從老闆對那本書的重視和廣告的投資來看，結果會很慘、非常慘。

巧肥的電話響了，她前頭的人也正在講電話，所以電話很快轉到我線上；我自然的接起，是印刷廠那兒打來的。

我有些訝異，然後又發現螢幕上掠過一抹粉紅色的影子。

這一次，我聽見了笑聲，而不是哭聲。

「怎麼了？」米粒很快的注意到我放緩的動作。

「印刷廠打來的。」我掛上話筒，動作盡可能輕，而且不理會在我身後不絕於耳的笑聲。「他們說，那本書已經印好了，問巧肥什麼時候才讓經銷商拿走。」

米粒微蹙了眉，偶爾眼珠子會往後頭的牆面瞥，我知道他也聽見了那很誇張的笑聲，而顯得有點不耐煩。

「妳覺得是……？」他的語調充滿不安。

「嗯。」我點了頭。

下一秒，門外衝進一個踉蹌的身影，剛剛被老闆叫出去的薛佳燕，淚流滿面的衝進來，並胡亂的抄起自己的皮包，又衝了出去。

她的低泣聲跟我身後的笑聲，真是交互相映啊。

所有人均丈二金剛摸不著頭腦，換巧肥推開門了，她還回頭跟老闆一邊說話，「我現在馬上補救！好！沒問題！」

她神色凝重的快步而入，瞪了一眼空著的位子。

「薛佳燕呢？」她指那空空如也的位子問。

「不知道，剛進來拿了皮包就走。」

「不負責任的傢伙！就會扯謊！」巧肥疾步的扭向自己的位子，「你們也都清楚，老闆厭惡有人在辦公室造謠，什麼撞鬼的事情以後都不要再提！」

一瞬間，我身後的笑聲停了。

我真不解，「她」為什麼不到巧肥身後去笑？老是卡在我跟米粒中間，非常的煩人！

最近回家炎亭都瞪著我瞧，說我老去沾惹一堆不乾淨的東西回來，這兩天竟叫我「辭職算了」，還說那冤氣愈來愈重，辦公室裡一定有人在回應。

好不容易又要出國了，我怎麼能現在就辭職？

我托著腮望向空著的薛佳燕位子，真是可憐的傢伙，直覺告訴我，這全然不是她的錯……她只是一個可憐的替死鬼而已。

那天下午，我們就見巧肥忙進忙出，電話講個不停，有意無意抱怨自己多辛苦、多倒楣的話語；然後下班前，她已「順利」請印刷廠將書趕印好了，而且經銷商晚上就能去載走，並且趕急件在隔大鋪進各家書店裡。

老闆馬上當著大家的面誇讚巧肥的辦事效率，洪麗香則跟前跟後的拍馬屁，我皺著眉，無法理解巧肥這樣的行徑所為何故。

她早就把書印好了，卻故意嚷嚷說沒完成，還推給薛佳燕？然後再裝出一個樣子，讓大家認為她很忙碌、很辛苦，並且能力超卓、力挽狂瀾？

這是什麼心態跟做法？薛佳燕已經夠辛苦了，成天在幫大家處理雜事，常獨自加班，才會遇上不該碰的東西……

愈陰沉、愈負面的情緒只會召喚愈類似的東西，說不定那個粉紅色上衣的女孩，就是被她委屈加班的哭聲給喚來的！

現在我極端的厭惡巧肥，可以的話，我盡可能不跟她說話。

結果，大家的注意力全轉移到薛佳燕身上。

因為打從她那天自辦公室跑離之後，就沒有再回來……接連半個月都沒有再來上班。

巧肥打了好幾通電話去她家，邊打還邊咒罵，結果沒人接；她的手機遺落在辦公桌上，所以打了也沒用，早就沒電了。

整整半個月，一直到她的位子被清空，巧肥義憤填膺在人力銀行刊登徵才，都沒有她的任何消息。

而我身後的聲音，或是那抹粉紅色的影子，也隨著薛佳燕的消失一般，完全消聲匿跡。

※　※　※

終於到了出發至香港參加會議的時間，機位訂一大早的，對方希望下午就能立刻進行初次會議；我被迫穿了一套很正式的襯衫與裙裝，完全專業的OL模樣，非常不自在；而米粒呢，他換上了西裝，領帶塞在包包裡，但我深刻的瞭解到模特兒之所以為模特兒的原因了。

至少我沒看過哪個男同事像他穿起來那麼好看。

巧肥跟洪麗香最早到，揮舞著公司的旗子，在那兒聊個不停。巧肥的聲音像小女孩似的黏膩，洪麗香則是尖銳，兩個人湊在一起尖笑又高談闊論，我的耳朵實在很難感到舒服。

公關Jason跟老闆站在一起，兩個人一副很man的樣子，在談論什麼話題我不想管，我只想找機會放鬆；我跟米粒說好了，我們要利用空閒的時間，到處逛逛。

「領護照嘍！」巧肥手中拿著幾本護照，開始發放。

「安蔚甯！」她連連喊著：「莫一立。」

米粒替我上前，一次拿了兩本回來。

「……薛、佳燕。」巧肥喊到這個名字時愣了一下，她是很自然的照著護照上唸出來，這時大家彷彿才想起，薛佳燕原本也有被安排前往香港開會。

她的職位怎樣都不該去，這是巧肥的安排，因為她覺得要有一位「助理」幫大家處理雜事；老闆當初也欣然同意，打算讓薛佳燕來幫大家數行李、保管護照、買名產等等……只是沒有人料到她會無故（按照巧肥的說法）離職。

不過說也奇怪，就算離職，薛佳燕怎麼會忘了這麼重要的東西，沒有回公司拿？這個名字的出現製造出一股詭異的氛圍，大家對這個可憐的女孩總是掬一把同情之淚，但是愛莫能助。

「我在這裡！」

聲音在我腦後響起，我頭皮突然一陣發麻！

我幾乎瞬間回過頭去，急得連重心都不穩了，要不是米粒在我身邊扶著，說不定我會摔在自己的行李上。

不只是我，所有人都目瞪口呆看著氣喘吁吁的「薛佳燕」，朝著巧肥奔去。

「對不起，我遲到了！」她接過自己的護照，笑得靦腆。

巧肥錯愕的看著她，「薛佳燕？」

她對著巧肥輕輕一頷首，旋即轉過頭去。

「薛佳燕！妳是跑到哪裡去了！妳什麼都沒有說就跑了！我們都以為妳離職了！」Jason 很緊張的趨上前。

「我、我沒有啊！我只是休息一陣子！我媽沒打給公司說我請假嗎？」

「拜託！沒有啊！我們以為妳失蹤了呢！每天都在看報紙！」洪麗香說得很誇張，「半個月耶！都已經在找新的助理了！」

「啊、可是我……沒有辭職啊！」薛佳燕一臉哀怨，很疑惑的模樣。

巧肥意外的沒說半句，只是遠遠的瞧著她，我想她多少有些愧疚感，不敢直接面對她吧？畢竟如果薛佳燕消失半個月，也是因為她的關係。

「好啦！妳快點去上行李！要托運還是帶上機？」老闆趕緊過來交代。

「上行李。」薛佳燕瞇起眼，跟老闆道了謝，拖著一個超大的行李箱而去，她的行李好沉重，不知道裝了些什麼。

總覺得哪裡怪怪的？

大家一起準備通關，圍著吱吱喳喳的、暗地裡講巧肥的壞話，也要薛佳燕不要再傷心，趕快復職；她卻只是回以微笑，淡淡的跟大家道謝。

我跟米粒走在後頭，其實不管如何我都覺得很不舒服。

「她怎麼好像一副沒事的樣子？」我忍不住問了。

「是啊，沒有怒氣，而且對這十五天的消失也沒交代。」米粒跟我有同感，「甚至連關心一下『那件事』怎麼處理也都沒有。」

「太奇怪了！」我看著手上的行李，「要是炎亭一起來，說不定能告訴我些什麼。」

「它怎麼不跟妳來呢？該不會怕行李X光過不了吧？」

「那當初它怎麼被帶到台灣來見我的？」我的行李很少，再裝一個它也無所謂的，只要它願意再屈就於那個小木盒。

「算了，小心點就是了，別跟他們打交道。」米粒做了一個消極的決定。

我們列隊通關，我的視線移不開薛佳燕，她整個人變得很開朗，跟同事們說說笑笑的，最重要的是，她右手的繃帶消失了。

傷口好了嗎？我跟米粒都認為如果那真的是鬼抓傷的痕跡，怎可能輕易痊癒？

她通關相當快速，我剛好排在她身後，安檢人員還不耐煩的對我招手，要我快一點。

通關後，米粒把我拉去免稅店，我才不至於胡思亂想。並藉機遠離同事、遠離一直在算計的巧肥、巴結奉承的洪麗香，還有雙面人Jason。

空氣突然變得清爽很多，真的。

一直到我在挑巧克力時，身後突然傳來一股惡寒。

「安，」我來不及回頭，聲音就到我耳邊了。「妳也喜歡吃巧克力啊！」

「嗯……」我隨口應著，為什麼薛佳燕會來找我呢？我們可不熟。

「這陣子讓大家擔心了，真是對不起。我實在是心情不好，暫時沒辦法工作。」

她滿臉歉意的笑著，「我想趁著這次旅遊放鬆心情，這樣就能夠很快回到工作崗位上。」

我其實沒有很擔心她，而且我不想假裝。

「薛佳燕。」我凝視著她，「那不是妳的錯，妳知道吧？」

她的神色突然一凜，有點不安的看著我。

「我接到印刷廠的電話，他們說……」我正要繼續時，薛佳燕突然伸出手，示意我不要再說話。

「沒關係的，我一開始就知道，我對自己的工作內容很清楚，巧肥沒有發給我就是沒有。」她淒楚一笑，「但是我能說什麼呢？老闆寵她，眼睛怎麼可能會清明？我說再多也沒有用。」

「但是書已經……」

「噓！我相信巧肥已經處理好，妳現在再說也沒有意義。」她拿了一小盒巧克力，

「時機已經不對了。」

「妳也知道巧肥打點過了。」我冷冷一笑，事發當天我曾經又打去印刷廠確定他們的說法，而且我想把這件事的實情和盤托出——至少所有當事者都在的情況下。

不過第二次打去印刷廠時，他們卻改了口，說巧肥剛發了一個案子很急，他們在趕印刷，我質問他們先前打來確認的電話，他們卻矢口否認。

我掛上電話時，注意到巧肥正越過一條走道盯著我看。

她一定是在跟印刷廠聯絡時，知道他們曾經心急打來找她，卻被我接到吧？

「別說了，逝者已矣。」她笑了笑，拿著巧克力到櫃檯去結帳。

我望著她的背影，總覺得她背影有些模糊，好像還疊著一個朦朧的身影……

我下意識往身旁柱子上貼的鏡子望去，鏡裡映著櫃檯、收銀機，還有美麗的服務人員。

前方站著的不是薛佳燕，而是一個穿著粉紅色T恤上衣、白色裙子，紮著馬尾的女孩背影。

我倒抽一口氣，倏地再瞥向櫃檯前，是薛佳燕！再轉到鏡子裡……還是薛佳燕。

眼花了嗎？噢，不，我不這麼認為！

這十五天，薛佳燕發生了什麼事？

米粒在斜後方呼喚著我，我臉色蒼白的朝他而去。

「怎麼？看見什麼了？」他緊蹙起眉。

「我看這次員工旅遊也不會太順利。」我手心冒著汗，那個清晰可見的粉紅色身影，還映在我腦海裡。

「我不意外。」他搖了搖頭，「平安符什麼的都有準備齊全嗎？」

「有。」我點著頭。

「別現在就開始不安，香港很多旅館也有很強大的磁場。」米粒壓低了聲音，「不好的那種。」

我深吸了一口氣，斜睨著他，一點都不希望聽到這個「好」消息。

「我看見那個粉紅色衣服的女生了。」我咬著唇，一字一字的說著。

他一怔，既訝異又不安的望著我。

「在薛佳燕身上？」他瞇起眼，恰好看到從巧克力店走出來的薛佳燕，她還對著他揚手打招呼。「我怎麼……感覺不到？」

「就在她身上！」我斬釘截鐵。

薛佳燕笑著朝我們走來，右手還拿著愛心盒子包裝的巧克力，她身後走來巧肥跟洪麗香，下一秒，她手中的巧克力被拿走了。

「真可愛！妳也吃巧克力啊！」巧肥趾高氣揚的望著搶來的東西，「給大家吃的嗎？」

「我……」薛佳燕怯怯的看著巧肥，然後點了點頭。

我看著巧肥大方的拆開別人買的巧克力，一盒要七百多塊的巧克力，怎麼可能有人會大方到請大家吃這麼貴的東西？

我不高興的想衝上前阻止巧肥這種行徑。

不過有人更快的拉住我，米粒要我冷靜，再看薛佳燕一眼。

薛佳燕站在一旁，身後貼著一面鏡子，她正絞著衣角低著頭，看著同事們分享她的名牌巧克力。

我跟米粒都清楚的看見，她貼著的鏡子上，映出的是粉紅色的上衣。

而薛佳燕今天穿的，是深黑色的衣服。

看來我們這一團，事實上有七位成員了。

第三章・山頂纜車

到了香港，果然吃完中飯就來到出版社開會，我們算是受到「隆重」的歡迎，接著便展開馬拉松式的會議。

香港方面還特意帶我們去知名的太平山欣賞夜景，大家當然非常雀躍，我也不例外，來到香港不看太平山夜景豈不是白走一遭？只是我原本打算跟米粒兩個人走，我實在不喜歡嘈雜的環境……尤其有洪麗香跟巧肥這一對火雞天后。

「哈囉！」一個身影蹦蹦跳跳的跑過來，「妳是安蔚甯，對吧？」

我錯愕的望著那瘦削的女生，我有印象，今天在會議室裡忙裡忙外的就是她，是香港出版社的業助。

「嗯，叫我安就好。」這是習慣，到了異地，我不喜歡把全名供出。有了名字，魍魎鬼魅或許可以拿來做文章，我敬謝不敏。

「安，好，這樣叫簡單！」她眉開眼笑的走在我身邊，「那妳叫我寶妹就好了。」

「寶妹……」我低聲重複，真是有趣。

「這位莫先生呢？說起話來落落大方，你們一對啊？」她問題超直接，我們不覺得尷尬，反而感到有趣。

「我們是同事。」米粒已經習慣被誤解了，「妳叫我米粒就好了，叫莫先生我不習慣。」

「米粒？哎呀……是是是，唸快還真像！」寶妹噗哧的笑著，「安跟米粒，你們兩個真搶眼，社裡的同事都在談論你們呢！」

「談論他吧？」我指向米粒，這位到哪兒都是大磁鐵。

「兩位兩位，米粒先生別說了，又高又帥，我聽說他是模特兒啊？怪不得！」寶妹打量了我一遍，「可是安啊，妳超有氣質的，簡直是氣質美人！」

我差點沒被自己的口水噎到，我爸媽把我生得很好，但我很難相信自己稱得上「氣質美女」。

「那你們不是一對的話，不就人人有希望啦？」寶妹用力眨著眼，帶著炙熱的雙眼望著米粒。

我淺笑，意圖快步往前走去，留給寶妹跟米粒一個「二人」的空間。

不過才走兩步，他就暗暗拉住我，眼尾彷彿在警告我，最好不要把他扔下來，他對這位寶妹完全沒有興趣……

「妳是業助嗎？妳今天很忙碌喔。」米粒扣著我，把我擋在他們兩個中間。

「我？小妹啦！我什麼都做、通通做！你們今天吃的點心、用的資料、會議設備、用具，通通是我負責！」她說得興奮，一點都沒有哀怨的樣子。「怎麼？對今天的椅子、桌子安排啦、那些茶點還滿意嗎？」

「滿意滿意！」我忍不住笑了出來，「妳真活潑，都不見妳喊累。」

「累？累是回家後的事嘛！」她的聲音也很大，但是完全不會給我不舒服的感覺。「話說回來，你們的助理倒挺沉默的……不太說話呢，心情不好嗎？」

她的手指頭，直接指著走在前面的薛佳燕。

老闆跟 Jason、巧肥跟洪麗香他們有說有笑的走在後頭，形單影隻的薛佳燕大概落在他們在身後兩公尺距離，正低垂著頭，極為蹣跚的走著。

「她比較文靜。」我幫薛佳燕說了話，跟寶妹比起來，的確是天差地遠。

「是喔……」寶妹側著頭，思考了好一會兒，竟然邁開步伐往前奔去，直接拍向薛佳燕的肩頭。

她熱情的跟薛佳燕打招呼，只見她一臉錯愕，然後擠出笑容跟寶妹聊天；同樣的工作性質，不同人做起來就有不一樣的效率，今天下午幾乎都是寶妹在忙進忙出，一來是薛佳燕本來對這裡就不熟，二來是巧肥原形畢露，繼續對她頤指氣使，要她專程去買星巴克——即使寶妹自願說要去。

不只是要她去買咖啡、連要張衛生紙都叫她拿，然後嫌筆不好寫、嫌紙不夠，一會兒又嫌太冷，薛佳燕今天完全就是她的專屬傭人。

最好笑的是，她還得做會議紀錄，而且巧肥說明天就要呈給老闆看。

「哎！」寶妹和薛佳燕突然止步，「她身體不舒服呢！我先送她回飯店好了！」

這一喊大家都停了下來，巧肥也轉過頭來，用不屑的眼神看著薛佳燕，還跟洪麗香耳語，那嫌惡的笑容彷彿在說：她八成又在騙人了。

「怎麼了嗎？」Jason 半跑了過來，「臉色怎麼那麼蒼白？」

「她不舒服，我先送她回飯店好了。」寶妹攙著臉色蒼白的薛佳燕，看起來她真的不太 OK。

「呃、沒關係，我自己回去就行了。」薛佳燕很虛弱的說，「請妳幫我叫計程車就好……」

「好！」寶妹點了點頭，大家商討了一會兒，最後由寶妹幫她叫計程車，放她一個人回去。

我回身看著被攙扶到路邊的薛佳燕，而 Jason 皺眉望著她的身影，欲言又止的模樣……他看起來，好像希望自己衝過去幫忙似的。

一路上，巧肥開始跟洪麗香討論薛佳燕的不是，並且很直接的問老闆說，人力銀行都已經有一堆人投履歷了，薛佳燕一聲不吭的跑回來，要怎麼辦？

而且無故曠職，這筆帳還沒算呢。上班沒消息，出國倒是趕得上，辦事效率極差，還擺著一張可憐兮兮的臉，現在又裝病。

「妳怎麼確定她裝病？」我淡淡的問。

「拜託！她那種人！」洪麗香有點嗤之以鼻的看了我一眼，「愛說謊又不負責任……安，妳很喜歡幫她說話耶！」

「她臉色那麼白，我不認為她在說謊。」我深吸了一口氣。

「就算是真病那又如何？我想我們討論的重點在於，她曠職半個月，放下手邊所有的工作，這根本就不是一個負責任的人該有的行為。」巧肥頓了一頓，「更別說當初還留了爛攤子給我收，捅了婁子還跑掉！」

「是嗎？妳百分之百確定那件事是她的錯？」我瞇起雙眼，心裡非常的不悅。「再怎樣，那原本就是妳的工作——」

『不要說——！』

有個聲音闖進我的腦子裡，讓我瞬間收了音。

我怔然的瞪大雙眼，開始左顧右盼，我們正在排隊列上，等著搭上山的纜車，四周除了我們的人之外，我沒有看見任何特別的人物。

米粒在我身後，也狐疑的看著我。

「少管別人的事好不好！」洪麗香立刻幫巧肥說話，「錯就是錯！她有臉一起出國開會我還佩服她咧！」

我沒有聽洪麗香的酸言酸語，而是顧著尋找剛剛叫我不要說話的聲音，究竟自何而來。

「好了！好了，大家是出來玩的，別吵嘴！」寶妹連忙打圓場，偷偷看了我一眼。

十一月不是旺季，但是想去太平山看夜景的人不少，我們排了幾圈，氣氛自剛剛之後就變得有點僵，但我無所謂。

好不容易來到上層，太平山纜車跟杜莎夫人蠟像館就在一起，東道主為我們買的是門票加車票，所以大家得以進蠟像館參觀。

一到了可以解散的時間，我幾乎迫不及待的拉著米粒離開，不想再聽見巧肥他們的聲音。

「妳是怎麼了？」連米粒都忍不住問了，「對巧肥他們火氣很大。」

「我只是覺得薛佳燕很無辜……我無法接受他們的言論。」我走在一尊尊栩栩如生的蠟像中，根本無心觀賞。

「妳以前不會在乎的。」他笑了起來，「怎麼？薛佳燕讓妳想起誰嗎？」

「我會可憐薛佳燕，但不會同情小茜，別把她們混為一談。」小茜，就是害我們在泰國時遇到慘事的主謀，她也是個逆來順受的女生，不過比薛佳燕強多了，至少她懂得推卻。

「我倒不想可憐她，我堅信可憐之人必有可恨之處。」米粒對我說得很直接，「很多事情是她自己造成的，她可以拒絕，而不該只會處於弱勢，怨天尤人。」

我很難不同意米粒所言，他說得非常正確，薛佳燕明明可以拒絕巧肥或是任何人的不合理要求，但是她卻選擇接受，然後在辦公室裡委屈加班，讓黑暗之心招致黑暗之靈。

我認為之前在保齡球館自殺的女孩，在那兒應該待了很久，只是沒有誘因呼喚她出來……每天晚上在那兒加班的薛佳燕可能有所怨懟，隨著夜越深沉，就越容易喚出沉睡的亡靈。

最重要的是，消失十五天的薛佳燕，到底跑到哪兒去了？她發生了什麼事？右手上的傷痕為什麼好了？

此時我站在布萊德．彼特的蠟像前。這兒的蠟像做得唯妙唯肖，若不是知道它們摸起來是生硬的，就會以為是真的性感帥哥站在你面前。

我看著它，然後它也看著我。

我低首淺笑，應該請米粒幫我拍照，畢竟能跟布萊德．彼特拍照的機會應該不太多……我打開包包，準備拿出相機時，陡然僵了一下。

為什麼，蠟像會看著我？

我瞪大了眼睛，下意識的向後人跳一步，正視著前方的蠟像，怎麼可能會看著比它矮許多的我！

結果我發現，它真的看著我……不，應該說是睨著我。

高高在上的它正瞪著下方的我，那眼珠子骨碌骨碌轉著，完全不是一個蠟人的樣子，我這才發現米粒不知道跑哪兒去了，這空間裡竟然只剩我一個人？

我不由得往後退，突然撞上一個小平台，回首一瞧，是成龍。

它也咧著嘴，對我笑。

『回來……』它一隻手，掐著我的肩。『回來……』

我掙開它，然後看著附近所有的蠟像，它們全轉著眼珠盯著我瞧，行動遲緩的開始伸長了手，向著我。

『叫……回來……』它們齊聲說著，看見外國影星喊中國話，是件非常詭異的事。

我得走，我要離開這裡，我不喜歡讓這麼多蠟像盯著我瞧！

但是我走不了，因為我前後的路都被攔住了，蠟像們緩步走了下來，趨近我，試圖包圍住我。

我聽不懂它們的意思，但至少我知道，我不應該再待在這裡！

『真受不了妳！』熟悉的聲音忽然自空中炸開，我的肩頭落下輕微的重量。是炎亭！

炎亭不知道從何而來，我意識到時它已經坐在我肩上，伸出細小嶙峋的瘦骨手指，指向前方的蠟像們。

我明顯的瞧見蠟像們臉上的恐懼，它們的五官扭曲在一起，紛紛走避，想退回自己該佇立的台子上。

『快走！』炎亭粗聲粗氣的說著，指向出口。

我點了頭，才想著要問它是怎麼來香港時，肩上的重量卻消失了，我知道它不見了，這傢伙該不會移形換影吧？

我飛快的往前跑，一心想呼喚米粒，臨走前回頭看了一眼後頭的蠟像們，它們已然恢復原本展示的模樣，但是……眼珠子依然瞪著我不放。

「安！」有力的手臂拉住我，將我往外帶。

「我……」米粒出現在我面前，我突然覺得安心很多。「剛剛蠟像們盯著我瞧。」

「我就知道有問題，我突然找不到妳。」他眉頭深鎖，「怎麼繞就是繞不到妳那邊，跟鬼打牆似的。」

我們雙雙一頓，凝視著彼此，米粒還說對了，鬼打牆……該不會有什麼在這間蠟像館裡，不，應該是有什麼跟過來了！

「這裡這裡！」寶妹的聲音突然響了起來，在不遠處揮著手。「我們要坐纜車上去嘍！難得現在沒人呢！」

米粒半搭著我的肩，緩步往外走去，我不想再多看蠟像一眼，這些栩栩如生的蠟像，讓我覺得非常害怕。

等到一走出去要等搭纜車時，我就頭暈了，米粒按在我肩頭的手也加重了，我想他也覺得不對勁。

因為月台上，竟然可以空蕩到杳無人煙，就只有我們一行人？

洪麗香跟巧肥還在那兒咯咯歡呼，慶幸著運氣超好，可以坐到毫不擁擠的車廂！我對空曠與寂寥非常介意，這有很多同等詞，例如：呼救無人。

纜車喀啦喀啦的來了，山頂纜車並不是一般人想像的以繩索懸吊，而是鐵軌式的，靠著一百三十九公噸的鋼纜拉動，全程大部分均是單軌行駛，唯有近中央位置部分，由兩組鐵軌供兩部纜車交叉往返。

車子靠近我們時，裡頭擠滿了下山的遊客，等他們全部下了車，還有人回頭瞥了瞥我們，用一種豔羨的口吻說：「好好喔！他們上山好空，才幾個人……」

我突然很希望一堆人來，我寧可擠到沒位子坐都甘願。

米粒握住我的手，很緊很緊，像是希望我不要因此而害怕，我望著他，輕輕地搖搖頭，我想我該擔心的不是纜車會不會掉下去，畢竟它是鐵軌式的；我現在要煩惱的是，車子裡會不會有「多出來」的「人」。

我們順著指示走進車廂裡，一踏進去，我就覺得寒氣逼人，連巧肥都把圍巾圈緊，洪麗香呵著氣，吐出陣陣白煙，我挨在米粒身邊，用力搓著手，這當然可以解釋成愈近山上愈冷，可我並不這麼想。

空蕩蕩的車廂裡只有我們六個人，大家突然變得有點沉默，Jason 從剛剛開始就一臉凝重，一副若有所思的模樣，相當嚴肅；洪麗香拿起相機開始左拍右拍，巧肥很貼心的問老闆會不會累。

我跟米粒照例躲在角落——最好不要有人看見我們。

「啟動了！」最興奮的大概就是寶妹了，她是香港方面的「代表」，其實就是雜事包辦王。「先跟大家說喔，這個纜車等會兒會很陡喔！所以大家要坐穩！」

「很陡啊？哇！」洪麗香趴在窗邊，一副讚嘆樣。「還滿厲害的耶，這是鐵軌耶，這麼陡也能行駛。」

「是啊，很厲害吧！」寶妹帶著點驕傲的說著。

然後她開始簡介山頂列車的歷史，我還滿佩服她的，彷彿真的導遊一樣，介紹得超級詳盡；纜車的速度不快，到了中段後，車子便往左邊去，果然如寶妹所說的，某段路程開始就非常陡峭，我們都快「躺」在椅背上了！

纜車很吵，那鋼索纜繩的聲音超大，洪麗香還在跟巧肥說話，還努力把聲音拉高，刺耳異常；Jason 很反常的沒看著外頭風光……其實外面只是一片黑，啥都看不見。

寶妹說，這樣我們才會期待，等會兒就能看見絕佳的燈景——她正說著，纜車忽然劇烈震盪，接著所有的噪音瞬間停止，只剩下洪麗香的尖叫餘音。

我依然躺在椅背上，但是纜車不動了。

我倒抽了一口氣，看著身邊的米粒，緩緩吐出白氣，這裡邊的空氣彷彿凍得要結冰了。

「咦？怎麼了！」寶妹左顧右盼後，拉著立杆站了起來。「這麼斜……哎，發生什麼事了？」

她拉開結實的嗓門，朝著前頭的司機大喊。

大家都疑惑且好奇的往前看，試圖直起身子，寶妹第一個自告奮勇的站起身來，拉著杆子、扣著椅背，一步步往前去。

寶妹站到前頭，「啊」的一聲，旋即轉過來很恐慌的看著大家，「沒、沒有司機？」

「啊？剛剛有誰看見司機跳下去嗎？」巧肥很吃驚的說著冷笑話，事實上一點都不好笑。

「沒有司機？什麼叫沒有司機？」洪麗香歇斯底里的喊了起來，「這是電動的嗎？」

「不對啊，有司機啊！」寶妹一副完全沒有意會過來的樣子，「我不知道纜車什麼時候變成電動的……」

米粒要我坐著別動，他也站起身，前後看了看，走到車尾去瞧，那兒只有驚人的陡坡。

「怎麼會這樣？」老闆終於回神，展現出老闆風範，拿出手機來。「這裡也是撥119嗎？」

「999！我們是999！」寶妹也拿出自個兒的手機，「哎呀，收訊真差！」

一堆人開始拿起手機像在拜拜似的，四處尋找完美的角落，但是似乎怎麼撥就是撥不出去；唯獨米粒自個兒往前走，走到駕駛座邊，找到無線電便開始呼叫。

我蜷縮在椅子上，不想跟地心引力對抗，巧肥皺著眉頭也在打電話，我看著前頭的米粒，他的身子明顯一顫，然後極為緩慢的放下手中的無線電。

他的眼尾瞥向我，我幾乎在一秒鐘之內領會。

沒有任何猶豫，我跳了起來，直直衝向米粒！

同時間我拉出了口袋裡的平安符，抓緊了紅色繩索，衝到他身邊，在第一時間就圈住了他拿著無線電的手。

也是在將平安符圈上他的同時，我看見了有另一隻手，從他手中彈開！

米粒鬆開手，無線電頓時掉下，砸中了儀表板、掉到了地板，繫著彈簧的無線電對講機在地上發出「叩叩叩」的聲響。

米粒立刻摟住我的腰際，讓我緊挨著他，我知道身後有什麼……那個東西剛剛正握著米粒的手，阻止他跟地面聯絡！

青紫色的手指，彎曲得不像話，像是碎掉般的扭曲，有兩根手指的皮肉不全，殘屑在飄揚。

緩緩回首，駕駛座上有人。明明就有個人站在那兒。

她，穿著粉紅色T恤，搭著白色的短裙，衣服上血跡斑斑，髒汙得都已轉成黑褐色；雙腳也不正常扭曲，兩隻小腿外翻，看得出來自膝蓋骨以下轉了一百八十度。

她紮著馬尾巴，頭骨擠壓得亂七八糟，左臉頰是扁平的擠向右臉頰，一顆眼珠子擠出來勉強掛著，鼻子破裂，嘴唇紅腫，齒牙全數斷裂。

「唔唔、呀呀！」洪麗香指著她尖叫，我很高興，不是只有我跟米粒才看得見她。

「什麼東西啊！」Jason 跳了起來，往後頭的椅子退，老闆也跟著步步向後，完全沒有人考慮就站在她身邊的我們。

大家幾乎是爭先恐後的往後擠，唯有寶妹，像是看傻了一樣，站在第二排座位那兒，一動也不動。

「那個、是駕駛嗎？」她很狐疑的問著，緊張的嚥了口口水。

我們屏氣凝神，沒吭半聲。

那些急著逃命的同事們，因為這坡度實在太陡，所以全部往車尾跌去，幾個人在車尾跌成一團，老實說，有點滑稽。

「妳是在辦公室裡的……那個女生？」米粒瞇起眼，很意外為什麼在台灣辦公室裡的亡靈，會在香港的山頂纜車上現身。

她不是自殺的嗎？自殺的人，會變成地縛靈啊！根本不可能離開那棟樓！

女孩輕輕掃了我們一眼，輕快的一甩頭，一大灘血跡濺上擋風玻璃，和我們的臉，我緊閉起雙眼，不希望有雜物灑進我眼裡。

她即使腳骨扭曲變形，走路還是相當自然，只是以詭異的方式行走，我還可以聽見骨骼關節摩擦的聲音，她一步一步的來到走道上，看著車尾那群狼狽著要掙扎爬起的同事們。

我緊握住米粒的手，如果女孩有著驚人的正面的話，那背面更加可怕。

她沒有後腦殼，只有一個圓圓的窟窿，沒有腦子、沒有任何東西，就是一個圓形大洞。這個女生的頭骨只有前半部，沒有後半部，唯一僅存的上半部，紮了馬尾。

女孩手一指，直直指向了洪麗香。

下一秒，洪麗香身後的巧肥，竟把她推了出去。

第四章・見死不救

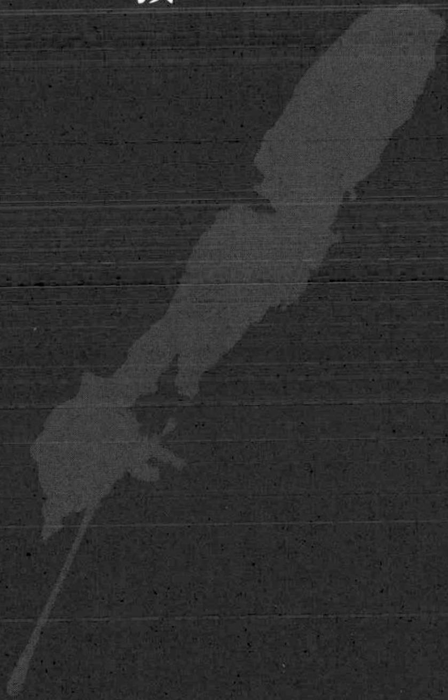

「哇呀——嗚哇……」洪麗香被推了一把，恐懼的哀號著，她哭得很難聽，身體因為地心引力而往後退，但是巧肥使出吃奶的力氣用雙手抵著她，不讓她向後靠。

「她找妳！」巧肥咬著牙說，因為女孩仍指著洪麗香。

不過巧肥的邏輯真有趣，她現在就在洪麗香身後抵著她，嚴格說起來兩個人是一直線，巧肥憑什麼認為女孩指的是洪麗香？

「不、嗚嗚、我跟妳無冤無仇！」洪麗香牙齒打顫著，全身抖個不停。「Jason……老闆……」

她向斜後方的男人求救，不過他們兩個只是瞪大雙眼，僵直著身子，背貼車廂底部，完全無法動彈。

畢竟現在大家算是停在呼救無人的半山腰，車廂裡又有個絕對不是人的女孩，沒有人能逞什麼英雄。

「妳要什麼？」我在米粒懷中，幽幽開了口。

女孩倏地轉過來看著我，這一撇頭，讓車底那四個人清楚的瞧見她失去的後腦殼，又是一陣悽慘的尖叫。

女孩定定的看著我，又看了米粒，大約僵持了五秒鐘，沒有放下的手直直的又指向了車廂底部，折斷的手指輕輕晃盪，點著一個、兩個、三個、四個……

「那四個人？」米粒皺起眉，只有卡在女孩面前被嚇傻的寶妹沒被她點到。

「那、那、那個……」寶妹支支吾吾的開口，對著巧肥他們。「你你你你們對人人人家做做了什什什什麼……？」

是啊，我們的同事也就那四個，他們對這粉紅女鬼做了什麼？但那根本是不可能的事，因為公司辦公室在那兒至少五年了，這女孩若真的是之前保齡球館跳樓的那個人，也最少是八年前的事了！

女孩笑著，她的笑容很得意，一句話也不說，然而整台車廂開始搖搖晃晃。

這真的是很奇妙的事情，山頂纜車明明就不是懸吊式的系統，我們現在卻真的像掛在半空中的盒子裡，晃盪得驚人。

大家跌成一團，我跟米粒也往下摔，但我們摔在第一排的座椅上，寶妹則摔回她原本站著的座位裡；巧肥力氣再大也抵不過晃動，他們四個再次摔成一團，洪麗香就壓在巧肥身上，巧肥則拚命的想推開她。

然後，後車門開了。

我們攀住椅背，吃力的直起身子，一臉不可思議的看著開啟的後車門，我立即想到了下一秒會發生的事。

「妳，別鬧……」我對著眼前的扭曲背影喊著，「我們誰都不可能跟妳有過節！」

她用後腦勺看我，眼珠子從前頭的臉龐壓進了殼裡，又從那圓形的窟窿裡竄出一顆圓滾滾的眼珠，骨碌碌的看著我。

『該回去的，還是得回去……』

她第一次開口說話，口齒極為不清。

接著她邁開步伐，幾乎是用著半拖行的方式，上半身拖著那已無韌帶連結骨骼的雙腳，往車底拖去；車底的驚恐尖叫聲不絕於耳，老闆也發出低沉的喊叫聲，不停的呼救著「誰來救救我們」。

Jason 貼著牆，大喊著「不要過來，我跟妳無冤無仇」。

世界上多的是無冤無仇也會遭到殺害的案件，每天橫死的人之多，他們通常跟加害者毫無瓜葛；但是在鬼的世界，規則是很明顯的，除非是抓交替、被冒犯，或是犯了忌，否則不會有莫名其妙加害於人的事發生。

更別說現在這個全身骨頭碎裂，沒有一處韌帶是完整的女生，應該是一個自殺且永遠被困在那層樓的地縛靈——她是怎麼離開那裡？又為什麼意圖傷害這裡的人？

巧肥跟洪麗香掙扎著，她們近乎在打架，巧肥手腳並用的想一腳把洪麗香踹往前去，直接送給鬼女孩，洪麗香則抓著巧肥，淒厲的哭喊著「不要不要」。

終於，女孩抓住了洪麗香的手臂。

「哇呀——放開我放開我！」她歇斯底里的喊叫著，用剩下的左手朝著 Jason 抓。「救我，快點拉住我——妳為什麼要找我，我不認識妳、我不認識妳啊！」

Jason 瞪著驚恐的眼看著她，不知道是呆住了，還是不想伸手抓她，他完全沒有動作。

我看向米粒，他皺著眉搖了搖頭。「冤有頭債有主，我不信那女孩亂找人。她可是掙脫出來的地縛靈，千辛萬苦的追到這裡來，不可能搞錯人。」

「我想不到他們跟這女孩之間可能的關聯……」我扣著椅背，看著女孩一步步往後車門去。

「安——安！」洪麗香終於把頭轉向我們這裡，瘋也似的哭喊著。

女孩走到了開啟的車門那，身體朝外，頭卻如陀螺般轉向右後方，看著巧肥他們。

『下次見了。』她說，頭繼續轉動，直到轉到朝向我們之時，差不多是兩百七十度，她有些欲言又止的模樣，最後什麼都沒說，又把頭轉回正面。

「求求妳、我沒和妳……」洪麗香彷彿哭累了，哀求著女孩。

『但是，妳有害別人啊！』女孩率先跳出了車外，『一起飛吧！』

「呀——」刺耳的尖叫聲來自一同墜落的洪麗香。

電光石火間，最靠車門的 Jason 突然伸長了手，一把抓住洪麗香的圍巾！真的是千鈞一髮，他扣到了她脖子上纏緊的圍巾，但整個人同時被一股強大的力量往前拖，直直衝向後車門！

他身後的老闆也飛快環住 Jason 的腰，阻止他一起被拖出去。

四周突然動了起來，我跟米粒吃力的想往前走，但我們不能走太快，因為隨時可能直接滑到車子底部去。

巧肥退到了角落，全身哆嗦，看著兩個男人吃力的想把洪麗香拉上來。

「住手——」米粒往窗外看著大喊，「你們會勒死她的！」

我跟著選了最後一個座位，貼著窗外往外瞧——Jason 緊抓住洪麗香的圍巾，她的身子懸在外頭晃動著，頸子果然被圍巾勒得死緊，吃力的仰著頭，試圖得到一絲空氣。

她在黑暗之中、在不見底的半空中搖晃著，而那個粉紅女孩已然不見身影。

米粒先行一步到了 Jason 身邊，趴在地上，雙手扳住了車門邊緣，「不能太用力，她會被掐死的！洪麗香！手！把手伸給我！」

鬆手，洪麗香就會摔下去，粉身碎骨；不鬆手，只怕在她被拉上來之前，就被Jason 親手勒斃了。

此時米粒手伸得再長也搆不到洪麗香，他最多只能握住圍巾，再拚命的將圍巾往上拉，但是這些動作，只讓我看見臉孔更加發紫的洪麗香。

「這是她的目的，」我踉踉蹌蹌的來到米粒身邊，「要我們掐死她、還是讓她掉下去！」

所有人目瞪口呆的看著我，老闆像是聽懂似的，壓著 Jason 的肩，沉重的開了口，「Jason，放手。」

「什麼？」Jason 錯愕極了，同事的命在他手裡，現在要他放手？

洪麗香驚恐的望著我們，她喊不出話來，她雙手死命塞在圍巾與頸子邊，試圖讓自己不要太快斷氣。

米粒依然凝重的拉著圍巾不放，他想一口氣把她拉上來，又不想折斷她的頸子。

「放手，誰也救不了她！」老闆低吼著，「難道你想親手勒死她嗎？」

勒死……Jason 的手明顯放鬆了點，我瞭解他的心境，一條命在他掌握之中，他要選擇讓她摔下去，或是親手結束她的性命？

「老闆說得對，放手！因為她太重了。」鬆開了手的米粒望向Jason，「不是只有洪麗香一個人的重量而已，你應該也知道！」

在那看不見的地方，洪麗香的腳下，還有著更加沉重的力量在拉扯。

「那個，」寶妹的聲音有些微弱、顫抖著傳來。「有沒有人看一下這邊……」

所有人回頭看去，發現車廂外的窗戶上，曾幾何時，出現了一雙雙的手！一堆手掌「啪」的貼上窗戶，似乎是從山谷深淵吃力的爬上來似的，它們布滿了車窗，正不停往上爬。

所以洪麗香愈來愈重，圍巾越來越長。

Jason終於鬆了手，而洪麗香凸起的眼珠子似乎得到了一絲氧氣，稍稍平復，但是接著她彷彿被一股無形的力量往下拉一樣，直直的從我們面前墜落。

同一時間，攀滿車窗的手消失無蹤，車廂喀啦晃盪兩下，車子又緩緩的開始前進了。

車內溫度回暖，燈光全數亮起，所有人聚集在後車門，須臾數秒後，車子動了起來，回到平穩的路面，我們也瞧見了月台就在前方。

那兒人潮眾多，排滿了要下山的旅客。

我們蹣跚的走出月台，看著神色慌張的站務人員衝過來，疑惑的看著我們，像是在問沒有駕駛，這台車是怎麼上來的？寶妹白著臉過去打聽消息，然後回來告訴我們說，這班車根本還沒發就開動了，駕駛甚至還沒上車，也沒人知道車子是怎麼往上走的。

而且中途他們用無線電呼叫了很多次，都沒有人回應，車子甚至卡在中間，山上山下急成一團。

只是還有更糟的事。寶妹說，洪麗香的墜落在許多人的相機裡，非常多人親眼目睹她的死亡，以及聽見那巨大的碰撞聲。

因為，她摔在另一台纜車的車頂。

「把剛剛的事情說出來，有人會相信嗎？」Jason喃喃自語著。

「誰都不許說，說出來只會被當成瘋子。」老闆凝重的開口，「就說車門開了，麗香失足摔了出去。」

這樣的答案似乎得到了眾人的認可，去年在泰國時，我們也曾經做過偽供詞，因為真把撞鬼的事情說出來，只會落得更荒謬的下場。

我不明白的是，為什麼那個女孩要找洪麗香的麻煩？為什麼要帶著她重現當年死亡的經歷？而且還製造了更殘酷的選擇給大家——讓她摔死、或是勒死她？

「她想讓我們眼睜睜看著洪麗香死，」我不可思議的看著米粒，「那個女孩為什麼要這樣？」

「我不知道，我只能說她不會找錯人的，沒人知道洪麗香對她做了什麼，或是……」他一頓，連我也頓了，跳下去之前，女孩對著洪麗香說：『但是，妳有害別人啊！』傷害誰？我不清楚洪麗香的私生活狀況，也沒興趣跟她聊天，在我的工作環境中，我只有看過她欺負薛佳燕而已。

而薛佳燕，是今晚唯一不在的人。

粉紅女孩的出現，就是因她而起！

薛佳燕的抓痕、撞鬼的經歷、莫名其妙消失的十五天……我突然很不安，總覺得薛佳燕跟這件事脫不了關係。

但是她身體不舒服，應該回飯店休息了呀！

我們被警車送下山，車頂被壓爛的纜車進了月台，香港的鑑識人員正在車頂上驗屍，我們被聚集在月台邊，警方要我們確認車頂上的屍體是不是洪麗香。

老闆前往，點了點頭，接著神色發青的走回來。

然後，鑑識人在現場勘驗完畢後，準備將屍體移上擔架，巧肥不知道躲到哪兒去了，她不想看見這一幕，而我堅持留下來，至少我必須見到洪麗香的屍體……以及試著找到附近活動的靈魂。

從高空摔下來的屍體死狀非常特別，有別於一般既定的印象，以為最多只是身體斷裂；但是當他們搬移洪麗香的屍體時，彷彿在搬動一具橡膠假人。

她全身的骨頭碎得乾乾淨淨，沒有一處完整，所以當他們舉起她的腳時，她就像一具無骨的橡皮人一樣，一灘爛泥似的軟綿綿的，因為她是以趴著的姿勢摔上纜車車頂，所以也以那樣的姿勢被搬下來。

放上擔架的她，背對著我們，後腦勺那兒……也有一個窟窿。

「腦子呢？」鑑識人員在喊著，「有沒有派人去找？」

「腦殼也不知道彈到哪兒去了，」警察回答著，「腦子怎麼會不見？」

「撞擊力太大了，腦子被壓力彈射出去，腦殼瞬間就成了一塊保麗龍板般脆弱。」

鑑識人員說得稀鬆平常，「去她摔下來的地方找，腦殼跟腦子應該都在那附近。」

警方忙碌著，我瞪著洪麗香的屍體，跟那個粉紅女孩一模一樣……她當初摔下來時，腦子也這樣彈離自己的頭顱嗎？

為什麼洪麗香的死法會跟她一樣？

寶妹上前拍了拍我們，說警方要我們到警局一趟，她的臉色並不好看，遇上這種事情，沒有人會覺得舒服；我託她去詢問一下在飯店的薛佳燕，有沒有什麼異狀。

我們在警局待到了早上，才暫時能回飯店休息。警方並沒有懷疑我們，只認為這單純是場不幸的意外。

唯有在車上的我們，知道不是那麼一回事。

回到飯店各自的房間以後，得知香港的出版社取消了所有會議，畢竟出了人命，行程蒙上了一層陰影，沒有人有心思再開會了。

只是在警車上，光是看著我們的飯店外頭，就瞧見了非常多……徘徊的亡靈！

它們或站或坐，身子沒一處完整，還有人拖著自己的頭蹲在飯店門口，把那兒當自己家似的舒適！

這麼多的亡靈在飯店外？我倒抽一口氣，假裝沒看見，飛快進入飯店，結果才剛踏進去，就看見薛佳燕站在大廳，神色慌張的衝了過來。

「為什麼會發生那麼可怕的事！」她直直衝向Jason，「怎麼會有車門壞掉這種荒唐的事情？那是觀光纜車啊！」

「嗯……」Jason不知道該怎麼回答她，只是低著頭。

「妳身體好點了嗎？」我打量她，她氣色比昨天好很多。

「嗯，好多了。」她點了點頭，「現在情況怎樣了？」

「警方正在偵辦中，其他我們也無能為力。洪麗香的家人明天就會過來了。」老闆簡單的交代，大家都不想談這件事情。

薛佳燕低下頭，眉頭深鎖，露出一臉哀戚的神情。大家掠過她去拿鑰匙，而我靠在柱子邊，享受著冬日陽光的溫暖，我現在需要一點正面的能量……尤其在這塞滿鬼魂的大廳裡。

薛佳燕站在離我不遠處，以悲傷的神情望著在忙碌的大家，但是，我卻在瞬間發現了她揚起的笑意。

咦？只有短短一秒，我真的看見她嘴角挑了起來！

「我不要一個人住！」巧肥的聲音分散了我的注意力，「我、我要跟安一間！」

巧肥原本跟洪麗香同房，聽說行李都送進去了，但是室友已然不在世上，沒想到平日威風的巧肥，現下會露出如此可憐兮兮的表情。

我原本應該是被安排跟薛佳燕住……薛佳燕望著我，然後再看向巧肥。

「巧克力，我陪妳好了。」薛佳燕溫柔的開口，「安一個人不要緊的。」她又回首看看我，像是希望我諒解。

「我的確不要緊。」只有自己一個人的話，說不定炎亭比較方便跑出來跟我聊聊天，它一定知道洪麗香的死因跟那女孩的事。

巧肥忽然瞪了薛佳燕一眼，她直直走向我，「我幹嘛跟她住，給我走開！安，妳跟我睡！」

「我不要。」我擰眉，她憑什麼命令我。

「兩個人有個伴，沒關係……」薛佳燕還在柔柔的說話，「我知道妳一個人的話可能會害怕，我——」

「妳閉嘴！」巧肥忽然一巴掌打上薛佳燕的臉，清脆的聲音在大廳中迴盪。

所有人都呆了，而我覺得胸臆間燃起了無名火，我不能理解那一巴掌所為何來！薛佳燕摀著臉頰，惶惶不解的看著巧肥，Jason 很快的跑上前，一把推開了巧肥。

「妳在幹什麼！動什麼手！」他分貝也高了起來。

「巧克力，妳情緒失控了是不是？」連老闆都看不下去了。

「她不是失控吧？是恐懼。」米粒忽然悠哉的開口，「妳害怕薛佳燕。」

「害怕？」薛佳燕愣愣的說著，「怎麼可能，她怎麼可能會怕我？」

是啊，要說薛佳燕怕她還差不多。

「因為粉紅上衣女孩的出現，跟薛佳燕之前所說的撞鬼情況一樣。」米粒聳了聳肩，「所以巧肥認為那個女鬼跟薛佳燕有關。」

米粒直接的把大家避之不談的秘密說出來，引起眾人臉色一陣蒼白，巧肥緊握著雙手沒說話，薛佳燕倒是一臉恍然大悟。

「你們說什麼……粉紅上衣？」她驚訝極了，「你們看見了？她、她在這裡？」

她的音調裡盈滿恐懼，還倒退了好幾步。

「麗香就是被她害死的！一定都是妳，是妳跟那個女孩講好的對不對？」巧肥逼近了薛佳燕，低聲的說：「妳看麗香不順眼，所以妳要那個女鬼幫妳報仇！」

噢，我這才瞭然於胸，原來米粒指的是這樣的恐懼啊。

「我沒有。」薛佳燕連忙搖頭，「她怎麼會在這裡，不可能！」

「少裝蒜！妳別以為這樣嚇得到我！」巧肥再狠狠的推薛佳燕一把，「我自己睡！」

搶過老闆手中的鑰匙，巧肥一個人往電梯那兒去。

Jason 趕緊把薛佳燕扶起來，大家都沒有再說話，看來除了我跟米粒外，沒有人想討論這件事。

寶妹跟大家道別，說急著去廟裡燒香拜拜，於是我們分別回房，唯有薛佳燕說想去買點東西給我們吃，跟著寶妹走了。

「我覺得事情還沒完。」米粒陪我回房間時，我有感而發。

「粉紅女孩都那樣說了，我想是還沒完。」他打了個呵欠。

「你看薛佳燕有問題嗎？」

「看不出來，沒什麼黑影也沒有附身。」米粒比我敏銳，他都看不出來了，我實在也沒話說。

「那為什麼地縛靈有辦法跟著我們來？」

「再問『她』好了。」米粒說了令人訝異的話，我白了他一眼。「我是認真的，我認為她會再出現，而且我總覺得，我們應該不會被她傷害。」

「我昨天才被蠟像攻擊。」我沒好氣的說著。

「攻擊？」他不安的再確認。

「蠟像活了過來，盯著我瞧，還抓住我。」我咬了咬唇，「好，我用詞不當，我道歉。它們只是想表達些什麼……」

「表達什麼？」

「它們說……『回來』，」我揪著心口，「它們對著我說『回來』，對著我招手……跟那個女孩說的『回去』不知道是否有關？」

要我回去哪裡？台灣嗎？還是……？

「好了，妳先去休息吧，身心俱疲只會給不乾淨的東西有機可乘！」米粒又打了個呵欠，「這裡不很乾淨，等會兒護身符乖乖帶在身上，好好補個眠。」

「不乾淨……」真是謝了，我已經全看見了。「希望你有注意到樓下一整群的遊魂。」

「飯店隔壁好像是墳場的樣子。」米粒遙望著遠方，「剛進門前我就看西側有一片大黑影。」

「……我會好好補眠的。」我嘆口氣，有點無奈。

飯店位在半島，但並不是赫赫有名的半島酒店，是一間我沒聽過的飯店，雖然金碧輝煌又相當舒適，但房間實在很小……關於這點，香港地小人稠，我不抱怨。

我有意見的，應該是知道飯店西面是「尚未處理」的墳場。

跟米粒道別後，他還特地進房巡了一下，認為沒事才讓我進去。我感謝他的體貼，不過我想如果炎亭跟在我身邊，應該不至於發生什麼事才對。

隨便洗個澡，我就栽進床上睡死了。

連隔壁房的巧肥及薛佳燕一起失蹤了，我也全然不知。

第五章・爛鬼樓巷

電話不知道響到第幾聲，我才好不容易睜開雙眼，迷迷糊糊抓過床頭櫃的電話，是激動尖銳的聲音。

『安小姐！安小姐——妳還在啊！真是謝天謝地！』是寶妹，她激動得快要拜天了。『我一直打電話、按門鈴都沒反應，我還以為妳跟 Jacqueline 小姐一樣呢！』

「嗯……？」我三魂七魄只歸了一魂一魄，沒清醒。

「薛小姐在妳房間嗎？」寶妹繼續吱吱喳喳，我的意識還是朦朦朧朧。

老實說，剛才我正夢到自己走在一條從未見過的巷子中，前頭有個人拚命的跟我招手，仔細瞧，是蠟像館裡的小布。

晦暗的街道上有個路名，那兒的路很奇怪，不是立根柱子、在牌子寫上路名，而是把路名寫在磁磚上，鑲在路口的牆面。

叫什麼路還是巷的，我趨前才想看清楚，寶妹就打來了。

「不在。」我瞥了一眼隔壁床，空的。

「咦？薛小姐也不在啊？」寶妹不知道在跟誰說話，喃喃著，我不想聽了，就把電話掛回去。

我還想繼續睡，想一窺夢境中小巷的模樣，那兒死寂得像是永無日光的地方，瀰漫著絕對詭異的氣氛。

接下來吵我的是門鈴，我睜開雙眼，有點厭惡的嘆口氣。要不是米粒的聲音傳來，我可能會選擇破口大罵……

破口大罵？奇怪，我最近脾氣怎麼那麼差？越來越容易生氣？

我起身，牛步走到門邊開了門，看見米粒眉頭深鎖的打量著我，一閃身他就進來了。

「在睡覺？」他有點發笑的看著我一身邋遢的模樣。

「嗯……」也顧不了形象，我把自己往床上摔。

「別睡了，下午了。」他站在兩張床的中間唸著，「巧肥不見了。」

「嗯？」我倏地清醒，瞬間坐直身子。「不見了？什麼意思？」

「不見了。」他用一種「妳的問題是廢話」的口氣。

「不是出去觀光？或者跑出去吃東西嗎？」我疑惑極了，巧肥那個人會不見？真是神了。「跟薛佳燕一起出去嗎？那真有趣。」

米粒搖了搖頭，「老闆他們在請飯店調閱錄影帶，還有，薛佳燕早上說要幫我們買東西吃後就沒回來過。」

「問寶妹。她們一起走的。」

「寶妹說才出去沒幾步，薛佳燕就說她有想買的東西，兩人分道揚鑣；寶妹還以為薛佳燕之前來過香港，她看起來熟門熟路的樣子。」

唉，我皺起眉，不祥的感覺又來了，我匆匆跑到梳妝鏡前梳理，接著抱起衣服到浴室換。

出來時，看見米粒動也不動的瞪著角落的銀色大皮箱看。

「怎麼？」我梳理頭髮，準備紮個馬尾。

「那個是……」他若有所思的端詳著，「薛佳燕的行李？」

「是啊。」我點點頭，將髮帶繞了兩圈，紮好。

「妳沒注意到奇怪的地方嗎？」他兩手一攤，很疑惑的望著我。

我先是錯愕，然後環顧房間，很快就發現到米粒所說的奇怪之處；但是我還是很認真的打開衣櫃、跑進浴室裡確認再三。

我現在才百分之百確定薛佳燕沒用過這個房間。

床單是平的，完全沒有人睡過的模樣，衣櫃裡沒有吊掛任何衣服，浴室裡的杯子沒動過，我記得之前洗澡時，連洗手的肥皂包裝都沒拆、馬桶蓋上的橫紙也還在。

她的行李就那樣運來，擱在角落，根本沒有打開過。

「她不是不舒服嗎？」我沉吟著，「昨夜回到飯店，並沒有休息？那她去哪兒了？」

「那個行李我覺得，很有問題。」他鎖著眉頭，「非常的，令人不舒服。」

「要打開它嗎？」我握了握拳，有點緊張。

米粒看了我一眼，趨前率先把那只銀色的行李箱搬過來，讓它躺在地上；行李箱真的很重，不知道放了什麼寶貝，薛佳燕在上行李時我們就發現了，出來開個會，卻帶著一個彷彿要去歐洲旅遊的超大行李箱。

行李箱有個密碼鎖，顯示「0000」，我雙手置在開關處，用力一扳——無效。

「她有設密碼……是細心的人會做的事。」米粒試了她的生日、排列組合後，依然沒有作用，只能宣告放棄。

電話又來了，Jason 催我們下去，剛剛他們請人去巧肥房間看過了，她根本也沒有休息過，幾乎是上了樓又立刻下樓。

錄影帶也確認了她出去的身影，問題是：巧肥能去哪兒？她對香港熟到可以出去逛七、八個小時未歸嗎？總不會去跟蹤薛佳燕吧？

於是我趕緊重新收拾一下包包，米粒則趁空借了廁所，而我幾乎把所有護身符都戴在身上：炎亭，拜託你跟著我啊！

我才揹上包包，就見到窗外有東西一閃而過，我狐疑的來到窗邊，位在三十七樓的我們，在華燈初上時頂多只能見到漸燃的燈光，怎麼會有什麼東西？

不過我還是把窗戶扳下，往外推開。

直覺，我往西側的地方望去，那兒果然是一片荒涼，而且正如米粒所說，那是一片墳地，它們貼著飯店，沒有次序的四散。

從樓上這兒俯瞰而下，看起來只有一小塊地方，但這是三十七樓啊，實際上下面或許很大一片。

但飯店管理者為何沒有妥善的把這片墳地處理乾淨？這個地點也相當奇怪，因為這是聚陰之地，更別說飯店說不定原本也是建築在……咳！

我稍稍再探出去一點。電光石火間，有股力量圈住了我的頸子，將我向下拉去！天哪！

幸好我及時扳住窗戶的邊緣，但是那股力量好大，彷彿有人由下圈住我的頸子，拚命的把我向下拉！

我的手根本撐不住，上半身幾乎整個人都要翻出去了！

就在一瞬間，我瞧見了與我面對面的那張臉。

是那個粉紅上衣女孩的臉，她血流滿面，臉龐像經過強烈撞擊，慘不忍睹，長長的馬尾巴隨風飄揚，她伸出一雙手，正圈著我的頸子。

『嗨……』她開口說話，嘴裡發出惡臭，幾乎沒有牙齒，僅存的都已斷裂。『妳也想跟我一樣嗎？』

「不。」我使勁的攀住窗沿，死也不鬆手！

但是她的力量更大，剎那間，我感覺到我的手被扯離了窗沿——天，我往窗外翻出去了！

緊閉上雙眼，我應該要在這時候尖叫的，但是我的恐懼感依然極端缺乏，我叫不出聲。

突然，有人搭住了我的肩膀，輕而易舉的將我向後拉。

一切都只在剎那間，圈著我頸子的力量消失了、女孩的臉消失了，應該摔下三十七樓變成一灘爛泥的我，此時此刻跌在自己的床上。

「妳在幹什麼！」米粒責備般的喊著，與窗戶保持距離。

我吃力的半坐起身，望著窗外，「剛剛……那個女孩想把我拖下去！」

我下意識撫上頸子，旋即衝到鏡子前看，我的頸項雙邊，真的有一片紅。米粒不悅的擰起眉心，小心翼翼走到窗邊，我則跟在他身後，深怕他也會被扯下去。

「陰魂不散。」他冷冷的對著外面說，「安跟妳並沒有過節，別找錯人！」

「洪麗香也沒有。」我幽幽應著。

「天知道？」他向來不妄下論斷，依然認定那鬼女孩不會亂找人。「我們下樓吧，老闆他們等很久了。」

我點點頭，接著我們都聽到清脆的聲響，自窗外響起。

有個東西似乎摔在外頭，發出鏗鏘的聲音，聽起來很像是花盆、玻璃什麼的。

我們互看了一眼，知道那聲音不平常，但也絕對不能忽視。

最後米粒同意由後環抱著我，讓我探身出去。

我的窗戶下有一個窄小的屋簷，上頭躺了一塊灰泥色的磁磚，我在米粒的支撐下才得以搆到那片磁磚，翻過來，我愣了一下。

那個……就是我在夢中看見的路牌名，它的的確確是片磁磚，鑲在巷子口。

那片長方形的磁磚有著白色的底，以寶藍色的線框起長方形的外圍，再由左至右的將長方形橫向劃分成上下兩塊，成為上下兩個長方形；兩個橫條長方形的內側四個角，都有些可愛的花邊，不是硬邦邦的藍色直線。

上面寫著中文巷名，下頭寫著葡萄牙文。

映入眼簾的四個中文字，讓人不寒而慄。

爛鬼樓巷

※　※　※

夜燈在河岸的兩旁，繁若星辰，香港的夜景是以炫彩的霓虹燈與雷射光組成，五彩斑斕、目不暇給；雖然是人工打造的夜景，但卻不得不讚嘆她的美。

我們坐在船上，冬夜的冷風刺骨，我只能裹緊圍巾與外套，站在甲板上，遙望著越來越遠的繁華香江。

船上的人不少，都是要回澳門的，因為這是今夜往澳門的最後一班船；澳門與香港是兩座島，距離相當近，因此港澳的往返算是頻繁。

入夜之後，我們確定薛佳燕未歸，巧肥失蹤，也確定了她們離開飯店之後就沒有回來，由於我們是觀光客，她們失蹤也未超過二十四小時，所以無法報案。

香港的公司要我們別擔心，說她們也許只是結伴去遊覽。這個想法很荒唐，巧肥跟薛佳燕？該說巧肥拿薛佳燕當奴隸使喚，提自己的戰利品還比較合理。

我拾到的磁磚，是澳門的某條巷名，寶妹一瞧見就興奮莫名，說她知道那兒——「爛鬼樓巷」是條專賣古董的小巷子。我跟米粒相信心底的直覺，那塊標示著路名的磁磚，絕對有含意。

老闆問我們怎麼有那塊磁磚，我沉默以對，總不好說是有個想把我拖下去、大家又恰巧認識的粉紅厲鬼給的吧？

也不知道為什麼，本來只要我和米粒兩個前往打聽即可，Jason 聽了卻說要跟，老闆也沒反對，完全不相關的寶妹更自願要帶我們前往，彷彿這是個觀光行程。

米粒好說歹說，要寶妹別跟，因為她真的是最不需要蹚這渾水的人。

結果她責無旁貸，認真表明她是負責接待我們的人，應該要陪到底，還說去澳門沒有她，我們鐵定不知道爛鬼樓巷該怎麼走！

怎麼會不知道？澳門這麼小，在船務那兒通關時拿張地圖就好；再不然普通話大家都聽得懂，問問也行，計程車一招，也能順利抵達……

最差的情況，我猜那個沒有腦子的粉紅上衣女孩也會帶我們去。

這不就是她一直期望的？

深吸一口氣，冷空氣竄進肺裡，我輕咳了幾聲。

「還好吧？把圍巾圍住口鼻好了。」左邊走來的是 Jason 跟老闆，他們也一樣若有所思。

自洪麗香死了之後，每個人都隱約察覺到這次旅程的異狀。

「我想直接問了，Jason！」我右方的米粒突然開口，「你跟薛佳燕有什麼關係嗎？」

嗯？我微微一怔，米粒這是什麼問題？

「我……」Jason 一時語塞，說不出話來。

「太明顯了，自從昨天薛佳燕出現後，你就魂不守舍的盯著她；她晚上說身體不舒服，你就一臉緊張樣，今天她沒回來，你也是第一個發現的。」米粒倒是用一種輕描淡寫的口氣陳述這一切，「我想你大概也認定或許可以在澳門找到她，才跟我們一起來的吧？」

「你們在交往嗎？」老闆一臉吃驚。

唯有 Jason 面有難色的緊抓著船緣，瞧他皺緊雙眉的樣子，好像這不是一段愉快的戀情似的。

「我們分手了！都是我不好！」Jason 看起來很自責，「都怪我沒有好好的跟她溝通，我一直很擔心她受不了……結果巧肥又那樣對她！」

「巧肥？」老闆有些錯愕，他聽不懂同事間的秘語。

「那是巧克力的暱稱，同事間都這樣稱呼她。」米粒輕蔑一笑，「老闆大概可以從這裡猜出我們對她的觀感。」

老闆顯得更加訝異，對上位者來說，寵愛有加的員工竟然被其他同仁如此看待，他當然會非常疑惑，最重要的，是對自己看人的眼光感到困惑吧。

「她的作為，我倒是覺得用『罄竹難書』四個字來形容差不多。」難得有機會，我也順便說一下自己的看法。「狐假虎威、仗勢欺人、裝忙不做事、把工作丟給資淺的同事，愛邀功、整人……」

「還喜歡捅婁子，然後都叫我們收拾。」Jason 也不吐不快，「老闆，你知道我幫她收了多少次殘局嗎？緊要關頭她都可以擺爛到底，可是你就從來不飆她！」

老闆一直無言，他還在思忖著：我們口中說的巧肥，跟他眼裡那個辦事效率高又八面玲瓏的巧克力是不是同一個人。

這是理所當然的，老闆眼中的紅人，通常都是同事眼中的眼中釘。

那是上位者放任的結果，不管過程為何，讓大家去廝殺、爭吵、推諉塞責都無所謂，只要成果出來，就算功德圓滿。

所以他有必要管巧肥怎麼的跋扈囂張嗎？他有必要一一去探查下屬間的相處或惡鬥的情況嗎？何必？

就是這樣，才會處處都有巧肥這樣的人。

「你還沒說跟薛佳燕是怎麼回事？我看她這次出來也很少跟你有交集。」米粒沒忘記主軸。

「我……很擔心她，她這十五天我也聯絡不上，好不容易出現了，臉色卻一直很蒼白，身體不舒服，我——」Jason 一臉緊張卻又欲言又止，「我很擔心她會不會——」

「到了到了！」寶妹的聲音打斷了一切，她在另一頭高聲喊著：「下船嘍！各位旅客！」

我們紛紛回首，我不禁勾起一抹笑，突然覺得這時候有寶妹在也不錯，她是一股暖流，永遠可以紓解大家緊繃的情緒。

「她讓我想起葛宇彤。」她是我之前的同事，是一位正義凜然的大姐大。

「不太一樣，但是效果差不多。」米粒也笑了起來，自然搭上我的肩，以前有彤大姐在，很多事情再緊張，也會被她的正氣化解。

我們依序下了船，澳門已經進入夜晚，遠處金碧輝煌的酒店跟香港有異曲同工之妙，用人工的五彩點亮這座島；寶妹熟練的叫了計程車，我們五個人擠一台剛剛好。

澳門很小，到哪兒都很快，我緊握著大衣口袋裡的磁磚，對這個巷子既害怕又期待。

是怎麼樣的巷子，要取這樣的名字呢？

「到了。」計程車停了下來，不需言語，我們都知道哪一條是「爛鬼樓巷」。

就在路邊，有一條向上伸展的坡路，它是陰森的、漆黑的，伸手不見五指般的深沉黑暗。

我們才下車，計程車就跟逃命一樣迅速駛離，彷彿一秒都不願意待在這兒。

「哎呀……都收攤啦？」寶妹一臉惋惜的站在巷子口，「你們說巧克力跟薛小姐都在這兒嗎？那我去問個路好了。」

「寶——」米粒想要拉住她，但是她動作卻快得讓人難以阻止。

有很多雙眼睛正在盯著我瞧，我打了個寒顫……那是看不見的人，但是我可以確定有視線襲來；我不安的環顧四周，米粒就在我身邊，緊摟著我，加重在我肩上的力量彷彿在告訴我：哪兒都別去。

「真暗啊，澳門沒路燈的嗎？」Jason 拿出手機，試圖用冷光照耀。

老闆也往前，拿著手機如法炮製，到處亂照。

在手機冷光的揮舞下，我終於瞧見了兩點鐘方向，一堵石牆上那塊熟悉的方塊標示：爛鬼樓巷。

跟我手上的磁磚一模一樣的放大版，白色的底，藍色的線框著，中間一道行線隔成上下兩塊，上頭寫著清晰可見的「爛鬼樓巷」，下面是「TRAVESSA DO ARMAZEM VELHO」。

「寶妹呢？」我低聲問著，她人怎麼不見了？

「糟糕！她走得太裡面了！」米粒皺起眉，他有看見寶妹往巷裡走，直到沒入了黑暗當中。

我們僅僅相視了一秒，就加快腳步往前衝，希望能夠拉住完全無辜的寶妹！我可以聽見 Jason 跟老闆也不解的跟上，他們的腳步聲在我們身後，我們匆忙的正式踏進巷子口，感受到明顯的上坡。

然後，有一盞燈亮了起來。

不是路燈，是巷子裡住戶的燈光，自窗戶裡亮了起來，緊接著一盞兩盞三盞四盞，所有的燈都亮了起來，古色古香的路燈，也都在瞬間明亮。

整條爛鬼樓巷霎時間燈火通明，我瞧見了石板地、世紀初的燃油路燈，還有一張張在窗子旁的臉龐。

「有人來了！」二樓的窗戶邊，探出一個小孩子的頭。

我們全愣在原地，注意到兩公尺外的寶妹，比我們還新奇的看著這詭異的景色。「爛鬼樓巷」兩旁住宅的門全開了，裡頭走出了很多人，他們是拖著攤子出來的，坡路的頂端也開始出現人影，他們揹著一大包東西，趕緊佔塊地，將身上的包包張開，就成了路邊的一個攤子，跑警察挺方便的。

不到兩分鐘光景，剛剛那條深黑詭譎的巷子，就變成一條如同寶妹所說的「專賣古物及藝術品」的巷子了。

「來看來看！」最靠近我們的小販喊著，「這可是葡萄牙人留下來的！」

「這兒！我這才是葡萄牙商船上的東西！」另一頭的小販喊著。

氣氛既熱鬧又歡樂，但是我們沒人敢掉以輕心。

寶妹在前頭又叫又跳，直說這兒真是太不可思議，想不到爛鬼樓巷也有夜市。

「好特別喔……」寶妹拿起攤販上的手環，對著我們揮手。

我們緩步上前，來到寶妹身邊，米粒試圖要她把手邊的東西放下；只是他還沒開口，Jason 就飛快的衝過去，一把搶下手環。

「這個、這是哪裡來的？」他突然有些激動的問著攤販。

「就我賣的東西啊，」攤販雙肩一聳，莫名其妙的瞪著 Jason。「先生，你看中的這價值非凡啊……」

「別跟我扯什麼古物！這是我送給佳燕的生日禮物！」Jason 氣急敗壞的吼著，我心裡一震。

他送給薛佳燕的生日禮物，為什麼會在這攤子上叫賣？

「喲，是你送人的啊？」攤販轉過頭來，掃了我們幾個人一眼。「有通行證嗎？」

「通……行證？」寶妹錯愕的問著。

「拿出來瞧瞧再說！」攤販擺出一臉不悅的模樣，伸手跟我們要著東西。「沒通行證進不了冥市的！你們一定有！」

我想了想，把口袋裡緊握著的磁磚拿了出來。

「什麼是明市？」老闆忍不住，先我一步問了。

「冥府的市集！這裡是最棒的古董街！」攤販咯咯笑了起來，「專賣死人的東西啊！你們懷念的死人、你們忘不了的死人！」

「冥市」？這就是「爛鬼樓巷」！

「死人……你說佳燕怎麼了！這到底是哪裡來的！」Jason 更逼上前，只差沒有揪住攤販的衣領，很明顯的，他完全沒有把冥市兩個字聽進去。

「這裡是古董街啊……古董就是死人的東西，你搞懂沒？」攤販頭一偏，往上坡路段瞥去。「但我們真正一流的，可是親手製造古董吶！」

親手製造古董？我心底竄起了寒意。

如果這是冥市，古董又是死人的東西，那製造古董是什麼意思？

我緩緩向上看去，在坡段路的頂端，瞧見了兩個再熟悉不過的身影。

一個是帶著微笑的薛佳燕，另一個是站在平台上頭，表情有些呆滯的巧肥。

第六章・標示牌

「佳燕？」Jason不由自主的朝上走著，「妳真的在這裡！」

薛佳燕靜靜的微笑著，也緩步走了下來，難道就沒有一個人好奇，薛佳燕為什麼會在「冥市」裡嗎？

「你們總算來了！」薛佳燕一臉喜出望外的模樣，然後看向我的手。「幸好妳把『最重要的東西』帶來了。」

最重要的東西？我低首看去，握在我手裡的只是一塊磁磚。

「薛佳燕，這是怎麼回事？巧克力為什麼會在那上頭？」老闆立刻恢復長官模樣，「她連動也不動，甚至沒下來？」

「她啊？她在忙，她現在是藝術品之一。」薛佳燕很自然的往前走，「請跟我來吧！」

「去哪？！」我警覺般的後退，或許她該先交代一下藝術品的定義。

「爛鬼樓啊！」她回首盈盈一笑，「我們等很久了呢！」

米粒扣著我，他從剛剛就一直環顧四周，但是無法察覺出任何異樣，這裡就像是一個正常的市集，一條專賣古董的街巷。

「薛佳燕……妳是人，還是鬼？」米粒開門見山的問了。

Jason 吃驚的回首，彷彿在責難米粒，但卻又更快的往前看向薛佳燕。

「我是生是死有人會關心嗎？」她倒是幽幽的說，「這不是重點，我們得快到爛鬼樓裡。」

「佳燕！妳還好吧？妳怎麼這樣說話？」Jason 疾步上前，一把拉住了她的手。「我就很擔心妳，還有……」他觸及薛佳燕的手，瞬間又放開，彷彿剛剛被電到似的。「好冰……」

「天氣冷嘛！」她望著他，「你擔心我？還是孩子？」

孩子？哇……原來他們的交往已經如此深入，薛佳燕懷孕了！所以她才會身體不舒服，面白如紙。

「你們我都擔心，我一直後悔貿然跟妳分手，我那時是一時無法反應。」不顧其他人在場，Jason 很誠懇的跟薛佳燕解釋著。「本來想找妳好好談談，可是妳失蹤了半個月……」

「我沒事，沒事了。」她凝視著 Jason，我覺得，那眼底還藏有幾分愛意。

這樣一提我們就有些印象，有一陣子 Jason 會留下來加班，原來是為了薛佳燕；偶爾他們會一起出去吃飯，感覺很親暱，而且 Jason 也很少喊她做事情，原來是因為他們早就在交往了。

只是辦公室戀情又沒什麼大不了的，何須偷偷摸摸？

「哇，薛小姐懷孕了啊！」狀況外的寶妹一直一臉困惑，現在終於聽到一句她懂的，蹦蹦跳跳的上前，「恭喜妳，要當媽媽了！」

「謝謝！」她微笑。

「當媽媽最棒了，有孩子有家庭超幸福的！」寶妹用手肘頂了頂Jason，「不錯嘛，要不要乾脆在我們香港辦婚禮？」

Jason 有點錯愕，然後靦腆的笑了笑。

「是啊，趁肚子明顯前結婚倒也不錯，你難不成想讓佳燕挺著肚子穿婚紗？」老闆也出聲了，「不過你們真厲害，我們都沒人知道你們在交往！安，你們也是吧？」

嗯……我們無奈的點了點頭，這氣氛和樂得太詭異了，我現在只想逃離這條巷子。

「謝謝大家的祝福，我想我們得先趕去爛鬼樓！」薛佳燕突然有點著急，疾步的往上去。「請大家快點跟我來。」

「爛鬼樓？這麼晚有營業嗎？」寶妹果然對澳門很熟，聽見那詭異樓房的名字，一點都不錯愕。

我跟米粒猶豫了一會兒，還是決定跟上，總是要把所有的事情解決掉，我想那個粉紅女孩才會放過大家。

「有，在等我們了。」薛佳燕點著頭，我們終於來到巧肥身邊，我這才看到原來她站在一台拖車上，直直呆站著，全身僵硬的模樣非常怪異。

她雙眼圓睜，直視前方，即使我站在她面前，她卻連眼皮都沒眨。

她身邊有個男人，戴著帽子低著頭，負責推著巧肥到處跑。

「巧肥是怎麼了？」連Jason都不免頻頻回首，「沒那麼傲吧？不打招呼也不走路，大牌到有人推送？」

「我看不是，她連眼皮都沒眨，眼睛也沒對焦過。」米粒剛也試了幾次，「我懷疑她根本沒有意識。」

「米粒，她眼睛睜得很大。」老闆說著，顯然對巧肥的態度感到不悅。

薛佳燕跑了起來，我們也跟著快跑，爛鬼樓巷突然變得很長很長，這一路上的景物熟悉到我彷彿都來過似的；好不容易上到了坡頂，緊接著是下坡，彎了兩彎後，直到一棟掛滿燈籠的三樓平房。

我們止了步，望著那燈籠上的三個字：爛鬼樓。

「我不喜歡這個命名。」我由衷的說。

「哎呀，這原本叫做蘭桂樓，蘭花的蘭、桂花的桂，結果發音不知怎麼唸的，唸久就變爛鬼樓啦！」寶妹立刻跳出來解釋，「可是我覺得超有趣的耶！」

呵呵……我陪著乾笑，如果寶妹能想一下什麼叫做「冥市」，她應該就不會覺得多有趣了。

薛佳燕一步跨了進去，其他人也紛紛跟上，我跟米粒站在外面，實在踏不出步伐。

「安？」老闆站在門口，對我們的踟躕感到狐疑。

「我們，」米粒擰著眉，「不認為進去是一件好事。」

薛佳燕擠到老闆身邊，看了我們兩秒。

「走進爛鬼樓巷裡就已經來不及了，你們再堅持也沒有用。」她語出驚人，「門牌在安手上，妳無論如何得進來。」

門牌……這可不是我自願拿的，是那個——是那個自殺的厲鬼給我的！

該死！我幹嘛撿！

我不悅的深吸一口氣，米粒拍了拍我，這渾水是早蹚了，躲也躲不掉！所以我們緊握雙拳，還是踏進了爛鬼樓。

一踏進來，我們就知道什麼叫做「來不及」。

我承認我本來存有一絲希望，希望裡面是間咖啡廳或是餐館，跟外頭一樣正常；但跨過門檻，徹底的黑暗瞬間襲來，不僅伸手不見五指，而且還有濃厚的屍臭味瀰漫在空氣中。

等到見著了光，卻是湛藍色的磷火。

「這裡……」是薛佳燕的聲音，在藍色的火邊。「各位請小心步伐。」

「……佳燕，這裡好臭！」Jason 掩鼻，「這裡是什麼地方？陰森森的。」

「是、啊！誰踩我的腳！」老闆的聲音裡滿是惶恐。「怎麼不點燈？只有一團藍色的火光是什麼？」

磷火，俗稱鬼火。

我想這並不需要跟老闆解釋，我們正亦步亦趨的下樓，我可不希望製造驚恐，讓自己被踩死在階梯上。

我知道身上的溫暖還在，米粒的氣息跟體溫都仍在我身邊，我不必害怕。

不知道炎亭是不是也在呢？如果我進入的是冥市，乾嬰屍能進來嗎？

終於，往下走了約四層樓的木階之後，我們終於瞧見了亮光，以及更加沉重的氣味。

黃色的燭火點亮了整個地下室，那是非常寬敞的空間，除了中間有張石桌之外，四面全是石牆，而石牆上每隔一段固定距離，就鑲著一塊跟我手上一模一樣的牌子。

白底藍字，此時讓我不寒而慄。

裡頭不只我們一行人，還有一個老婆婆，她穿著深藍色的中國傳統服飾，佝僂著身子，拄著一根拐杖，吃力的朝著我走過來；叩——叩——叩——，每一記拐杖敲地的聲音，都比我的心跳還要緩慢。

她走近，我才發現她皮膚上的屍斑，布滿皺褶的手尖是長達十公分的黑灰色指甲，她的指甲像爪子般相互摩擦，朝著我的掌心輕輕揮動。

我張開手掌，她若要這塊磁磚，儘管拿去便是。

結果她的指尖在磁磚上揮揮，上頭的文字立刻改變，多出了「1798」四個藍色的數字在底下。

「九十八啊……」老婆婆說著，緩慢的旋身，開始在牆上搜尋著。

她背向我們時，可以瞧見頸子背後已經腐爛，露出猩紅色的脊骨，還有蛆在上頭鑽來鑽去，像是在享受著一頓美味的大餐。

Jason 他們恐怕也注意到了，瞠目結舌的指著老婆婆的背影，驚恐的摀著嘴，卻不敢叫出聲。

我屏氣凝神，趁機環顧四周，果然石牆上鑲的每一塊磁磚上頭，除了原本的路標外，還有數字。

「這兒！這兒！」老婆婆說了，拿拐杖敲了敲石牆，「過來！拿過來！」

她對我喊著，我冷汗緩緩滲溼衣服，看著她敲著的那面石牆上，果然有一個方形的窟窿，似乎在等待我手上那塊磁磚的歸來。

我不想動，米粒也不讓我離開，我們就在原地跟老婆婆僵持著。

「安，妳得把東西還回去。」薛佳燕突然在我們三點鐘方向幽幽開口，「該回去的就得回去，誰也不能逃……」

回去？我聽見熟悉的話語，在杜莎夫人蠟像館時，蠟像們說過這句話；在纜車上時，那個粉紅女孩也說過這句話——難道說，它們口口聲聲說的「回去」，指的是這裡？

「為什麼？是誰該回來這裡！」我衝動的問了，「就為了一塊磁磚？還是……？」

「是詛咒。」薛佳燕冷冷一笑，「我們招惹上的，是一個古老的詛咒。」

這個答案讓我太意外了！

我完全無法置信，難道這跟在保齡球館自殺的女生沒關係？跟消失半個月的薛佳燕沒關係？一切都是因為一個莫名其妙的詛咒？

問題是，我們沒人招惹過那個詛咒啊！

「什麼東西……佳燕！這裡是什麼地方！」Jason 氣急敗壞的喊著，他急忙的想要離開。

「來不及了，誰都沒辦法走。」薛佳燕看向不停敲著牆的老婆婆，「把東西還回去吧，那塊標示不是屬於妳的，是屬於這裡的。」

我看著她，卻下意識把磁磚握進掌心。

「解釋清楚，要不然我就把磁磚摔碎。」我撂了話，果然讓薛佳燕慘白的臉色轉青，連老婆婆敲著牆的動作都因此停了下來。

老闆不知何時已經繞到了木梯下，他趁隙衝上去，偌大的足音嚇了我們一跳，我們聽著他飛也似的奔上去，然後停下，緊接著是怒吼及敲打聲同時傳來——

「開門！誰關的門！放我們出去！」

被關起來了？我們現在被困在地下四樓，跟一個正在腐朽的老婆婆，以及不知是人是鬼的薛佳燕關在一起。

「古董街需要古董，冥市也一樣，他們喜歡捕捉人類當作藝術品一樣販賣。」薛佳燕終於說了出來。「他們把倉庫的標號牌混進人的世界裡，凡是不經由正道取得牌子的人，就屬於冥市。」

「何謂不經由正道？」米粒很會抓關鍵字。

「偷、搶、任何不是經過交易或是贈與的管道。冥市喜歡腐敗的靈魂跟身體，他們可以任意的製造各種古董與藝術品。」薛佳燕定定的看著我，「安，妳應該已經看見過了。」

「我？」我皺起眉，我的確對這一路上的景物有些印象，但我還沒釐清到底是哪裡有問題——啊！我突然瞪大了眼睛，是下午作的那場夢！

我吃驚的對上薛佳燕的雙眼，只是才對上，我就後悔了。

※ ※ ※

下午的夢境瞬間在腦子裡竄起，如同鑲在眼上的電影般，一幕幕跳躍般的播放著。

我夢見一個劈腿的男人，他哄小女友說他跟公司同仁要出國玩，但實際上卻是帶著另一個熟女出去玩，他們來到澳門、來到爛鬼樓巷逛街，買了珍奇的項鍊送給關係親密的熟女，卻捨不得花幾塊錢買東西給沒來的小女友。

他覺得這條古董街的名字有趣，但是看著掛在店裡的磁鐵路標嫌貴，總覺得一個裝飾紀念品開價太高，沒那個價值；然後，他注意到店家的櫃子與牆的縫間，有一塊東西。

他以綁鞋帶作掩飾，摸走縫裡布滿灰塵的東西，等仔細端詳後，簡直喜出望外，那不正是他想要的「爛鬼樓巷」路牌嗎？而且還是貨真價實的磁磚，可不是軟磁鐵紀念品！

正所謂得來全不費功夫，他高興的洗淨，包妥，帶回台灣送給容易知足的小女朋友。

然後我夢見爭吵，背景是一條條保齡球道，女孩穿著粉紅色的上衣跟白色的裙子，那是保齡球館的制服，那個女孩原來是工讀生……她哭喊著，跪在地上拉住男孩不放，哭得傷心欲絕，可是那個男孩卻甩開她，頭也不回的離去。

緊接著她哭號起身，轉頭奔向窗戶，毫不猶豫的推開玻璃窗，抖著腳站出外面，縱身一躍，幾乎沒有任何畏懼與後悔。

接下來保齡球館消失了，我夢見有人在打字，那個背影，很像是……薛佳燕……她在哭，邊工作邊哭，哭得泣不成聲，跟那個女孩子一模一樣。

緊接著我看見薛佳燕自稱撞鬼的那一幕，她看著粉紅女孩奔進，爬出窗外，她緊張的想要阻止，腳卻踢到了一個東西……她阻止未果，右手臂上留下抓痕，嚇得驚魂未定之際，急忙收了東西要回家，卻又折返回來，趴在地上找出了那個被她踢進辦公桌下的物品。

一塊磁磚，「爛鬼樓巷」的標示。

接著我人就身在一條巷子裡，夢只到這兒，我原本想看清楚那路口的標示，是電話聲吵醒我的。

※　※　※

「安！」米粒的聲音傳進腦子裡，我赫然睜眼，發現自己曾幾何時已經倒在他臂彎中。

「看清楚了嗎？」薛佳燕平靜得無以復加。

我揪緊米粒的衣服，把我的夢重複了一次，我手上這塊磁磚，敢情就是詛咒的由來？

「那個，就是詛咒？」老闆瞪著那塊磁磚，驚訝的說。

「這不公平。男人偷情，該受詛咒的是他，為什麼連那個粉紅女孩一起受到牽連？」我喘著氣，心跳得好快好快。「而且那個粉紅女孩也間接陷害了妳、甚至還陷害我！」

早知道……我就不要去撿什麼東西了！

「她沒害我，是我自己去撿的。」薛佳燕說出了駭人的事實，「那是我自己找到，並且佔為己有的。」

「什麼？」大家都嚇了一跳。

「我當晚的確被嚇到了，女鬼抓住我後，我嚇得魂飛魄散……」薛佳燕看著自己的右手臂，「但是我沒有忽略我踢到的東西，我把牌子從桌子底下找出來，然後拿在手裡時……我聽見了女鬼哭喊著說『不要』。」

所有人屏氣凝神，沒有料想到，早在薛佳燕第一次撞鬼的那一個晚上，她就不止一次見到鬼了！

「她坐在窗邊很緊張的大喊著，我那時就想，這是個很特別的東西。」薛佳燕很有自信的笑著，「握在手裡，我覺得有種特別的感覺，心情突然變好，覺得自己什麼事都做得到。」

那是誘惑，那牌子或許得誘人，才能讓人願意佔有它。

「我根本不知道這是詛咒！我認為那是個很特別的東西、不屬於這個世界！」她突然目露青光，對著 Jason 尖聲吼起來。「有這力量，或許可以讓你回心轉意，至少不會叫我把小孩打掉！」

瞬間，老闆不可思議的瞪向 Jason，「叫她把孩子拿掉？你是不是男人啊！」

Jason 的臉色一陣青一陣白，一時無法言語，「我、我一時嚇到了！我不知道她會懷孕，我們才交往幾個月而已……而且、而且她說她有在吃避孕藥！」

「你不會戴該戴的嗎？」米粒嫌惡的說著，我感覺得到他非常不齒 Jason 那種人。

我也是，而且我真想上前揮他一巴掌。

「我後悔了啊！我想找她復合，結果就發生了書籍沒送印刷的事情，她跑了，我能怎麼辦？」

「那本書是巧肥故意製造的麻煩，從頭到尾都不關薛佳燕的事！」我趁著老闆在，把一切實情都說了出來！雖然我只接到印刷廠第一次的電話，但這樣的推測並不離譜。

所有人都很訝異，尤其是老闆，因為一路上，他已經聽到太多關於巧肥的負面訊息，這對他而言算是一個打擊。

「現在說這些都沒有用了，事情已經發生了，從來沒有人對我伸出援手。」薛佳燕忽然開心的一笑，「這個滋味我想洪麗香已經充分感受到了，那種孤立無援的滋味。」

這句話，擺明了薛佳燕跟粉紅女孩有關！

「妳……妳知道麗香的事？」老闆也很訝異，因為那個時候的她，應該在飯店休息。

「我怎麼可能不知道？讓洪麗香體會所有人都在眼前，卻沒人能救她的痛苦。」薛佳燕笑得更滿足了，「被掐死還是摔死，真是完美得令人難以想像！我自認比巧肥還技高一籌，你們覺得呢？」

「佳燕！妳瘋了嗎？妳怎麼能幹這種事？」Jason 不可思議的看著應該溫柔可人的

薛佳燕，「妳跟鬼打交道？」

「她並沒有跟鬼打交道。」米粒眯起眼打量薛佳燕，「我沒猜錯的話，她早已不是人了吧？」

所有人都陷入震驚當中。

「佳燕！妳、妳已經……」Jason 一臉惶恐與不可置信。

「我拿了倉庫牌，它不屬於我，所以我就進入詛咒的循環了。倉庫是空的，總要塞一點材料進去，最差的情況是只能放入一個人，但我巴不得把那個倉庫填滿。」薛佳燕的臉變得死白，邁開步伐，走向我們。「你們已經見過巧肥了，她會成為一座栩栩如生的蠟像。」

蠟像？不是我對巧肥有太大意見，她那個樣子要成為蠟像，真的可以稱得上是藝術品嗎？

「Jason 要跟我在一起，我們或許可以考慮當家庭木雕。」她深情的望向 Jason。

「木、什麼木雕！」Jason 驚慌失措的搖著頭，拚命的往後退卻，然後奔上木梯，妄想打開那扇絕對不會開啟的門。

「這是妳可以決定的嗎？我不認為這個冥市能任由妳作主。」米粒凝重的看著她、並注意這裡的詭異情況。

「我擁有倉庫的標號牌，我是被詛咒的人，我有什麼不敢做的！」薛佳燕面露悽絕，「我過得好痛苦，工作、人生跟愛情都如此絕望，我為什麼要讓你們這些人好過？」

我抓住米粒，我聽懂了。

薛佳燕被詛咒是一回事，她因為被拋棄與被惡整而死是另外一回事，死亡的原因不明，但她是懷著怨懟而死的，所以她不但是鬼，還是個心有不甘的厲鬼！

她的力量來自於恨與怨，藉由怨天尤人讓自己好過，只是她剛好得到詛咒，事情是兩者兜在一塊兒的！

力道加乘，冥市也不可能阻止「新鮮靈魂」的到來啊！

「薛佳燕，妳出了什麼事？」老闆難受的望著她，「妳真的已經喪生了？怎麼會？」

「少在那邊貓哭耗子假慈悲！當老闆的全是瞎子，就是你的放任才會有人搞些五四三的，我要把你做成穿刺燈罩！一針一針的在你身上挖洞！」薛佳燕恨恨的瞪著老闆，像是有滿腹怨意，然後，她轉向了我。「至於你們這些見死不救的人，全部都留下來陪我！」

有沒有搞錯？自己不懂得處事，還把錯推到別人身上？怎麼社會上老是有這種人存在？

當學生時自己不用功，嫌老師出題太難，上了大學不想念書就攻擊認真教學的老師，出了社會是自己不懂得做人處事、化解壓力，就全是老闆的錯、是同事的錯。最糟的是萬一被資遣、被調職，都是別人不懂得賞識自己，全是上司瞎了狗眼——怎麼就永遠不會反省是自己的錯呢？

「薛佳燕，妳別亂來！」米粒飛快的把我推到身後，「妳自己中的詛咒，自己扛！」

「你們眼睜睜看著我被欺負、加班，沒有人出來幫我說話！」薛佳燕哭吼了起來，我發現她全白的毛衣下緣，漸漸被血色濡濕。「除了變本加厲的把工作丟給我之外，誰為我做過些什麼！」

「我們兩個可沒有把工作扔給妳。」米粒傲然的睨著她，「至於其他的事，是妳自己選擇承受的，不該有怨言……不願意做就說，何必把希望放在別人身上！」

我看著薛佳燕，怒火中燒，我幾乎沒有嘗受過這樣的感覺，我渾身難受，緊握雙拳，我的呼吸紊亂、心跳急促，好想好想衝上去一巴掌將薛佳燕打醒。

我在生氣，我非常非常的氣憤！

忽然，一個拐杖頭勾住了我的手臂。

在我意識到之前，整個人就被往後頭拖去，那個屍婆，竟然如此力大無窮的把我往那石牆上拖去。

「米粒！」我呼喊著，米粒登時回首，他想追過來，我卻眼睜睜看著薛佳燕衝上前抱住他。

「倉庫一定得開啟，標示牌一定得回去——」她尖叫著，身上還在滴血。

我被拖到了石牆上頭，此時此刻的我已無任何主導能力，我的手被老態龍鍾的手緊握著；她讓我貼在石牆上、然後又壓在我身上，控制著我的右手，硬是把那塊磁磚壓進了窟窿裡頭。

然後，我聽見了巨響，宛若巨石滾動的轟隆聲，從裡頭傳來。

屍婆迅速迴避，我也閃到一旁去，鑲上標示牌的石牆開始如同古墓機關般緩緩移動，出現一道門，裡面是一個寬敞的空間。

屍婆緩步走進去，接著，她手裡拿著一小尊人偶走了出來。要我猜，一定是最初偷東西的那個劈腿男子。

但同時，我們也確實聽到樓上門開啟的聲音！

我第一時間衝向米粒，米粒吆喝著大家快跑，然後他左手扯過呆若木雞的寶妹，這個最無辜的人，最好跑前面點。

只是……寶妹竟甩開米粒的手！

「我終於見到你了！」她喜出望外的衝向屍婆手上的小瓷偶，「花了這麼久的時間跟功夫，我總算……總算見到你了！」

她淚如雨下，看著屍婆將瓷偶好整以暇的放在中間的石桌上頭。

我們不免為這景象感到震撼，腦袋一片空白。

只見寶妹一臉欣慰的看著我們，從右手腕拉下一圈髮帶，開始紮起長長的頭髮，把它們紮成一個馬尾，也因此露出後腦勺被長髮蓋住的窟窿。

然後她脫下一直沒離身的黑色風衣，裡頭穿著一件粉紅色的上衣，以及白色的短裙。

「跟各位介紹一下，這是我男朋友。」她微微一笑，「他是1798最早的古董喔！」

我腦子裡飛快地擷取當初在電腦裡查證的資料，公司的前身是座保齡球館，八年前有女高中生從窗戶跳樓自殺、後來一場大火燒掉保齡球館後，公司再承租下來……

照片是遠拍，有人群圍觀；有救護車，地上是塊白布，照片下面寫著高三女生跳樓自殺，寫著……「吳X寶」。

啊！我瞪大了眼睛，那篇《保齡球館》的投稿者，就叫吳雅寶——寶妹！

第七章・藝術品

摔爛臉的寶妹跟正常版的她，真的是差十萬八千里，她有張很俏麗的臉龐，五官跟頭骨都沒變形，順眼很多。

我只是萬萬沒有想到，「她」一直跟著我們。

「怎麼會有人以為逃得了呢？這兒是冥市呢！」寶妹持續用很愉快的音調說著，「薛小姐不打算放過任何一個人，真的很抱歉了。」

「那妳、妳、妳從頭到尾都是……，」站在梯間的 Jason 抖個不停，「不對啊，在纜車上時，妳不是好好的嗎？」

「在纜車上的人是我，能夠有機會親手殺掉洪麗香、看著她那種恐懼絕望的表情，我怎麼會假手他人呢？」薛佳燕走到寶妹身邊，她的下半身渾身是血。「寶妹不是受詛咒的人，但是她想要看男友，我答應帶著她。」

「地縛靈……不可能離開自殺地。」我咬著牙，我很討厭巧肥，但是更厭惡薛佳燕的想法。

「她沒有離開啊，她跳樓的時候，磁磚在身上呢。」薛佳燕說。

換句話說，寶妹的靈魂是被束縛在那塊磁磚上的。

「妳撿到那塊磁磚……所以妳就帶著她走了？」米粒搖了搖頭，「妳自願成為被詛咒或是被收藏的古董，我管不著，但是傷害洪麗香或是試圖傷害我們，都不是妳有權力做的！」

「洪麗香發現我失神的在跟磁磚對話，她取笑我、趁著我去上廁所時把它偷走了……然後跟巧肥兩個人相互傳遞，藏起它。」她泛出一抹欣慰的微笑，「我還真怕她們的劣根性突然消失，不打算整我呢！想不到她們還是一樣……為了整我所以偷我的東西。」

我無奈的嘆口氣，洪麗香偷了那塊牌子，巧肥也是，這兩個人上班真的是很無趣，老喜歡找薛佳燕麻煩……總有一天，還是報應到自己了吧！

「那就好了，你們快樂的去當古董藝術品吧，我們可以走了。」米粒拉過我，不想在這裡瞎耗。

「沒那麼簡單啊！薛小姐說她一個都不放過啊！」寶妹又爽朗的開口了，「你們誰也跑不掉，工匠都到了！」

工匠？我們吃驚的向上看，果然聽見了沉重的腳步聲，一步步往樓下走來，那聲音比催魂鈴還可怕，因為我對於成為木雕或是藝術品一點興趣也沒有！

米粒帶著我遠離木梯，我的視線則看著石桌上的木偶，那是個男孩瓷偶，臉龐就像是我夢中那劈腿的男人。

「妳為什麼要傷害薛佳燕？」我忍無可忍的對著寶妹吼，「妳把一個好好的人搞成這樣、還害她被詛咒！」

「是她呼喚我的啊！」寶妹一臉無辜，快哭出來的樣子。「而且我驚醒時知道自己走了，也是為了讓她遠離標示牌的詛咒，才趁她加班時故意嚇她！」

這又是驚人之語，寶妹並沒有故意害薛佳燕，反而想救她？

「我說真的！因為我並沒有偷那塊牌子，那是我男朋友『送』我的，我並沒有進入詛咒！」寶妹說得很急，「薛小姐的哭泣與內心的怨氣讓牌子出現在那層樓，我才急著嚇她、希望她趕緊離開！」

「因為薛佳燕內心的怨氣，所以牌子出現在那層樓？」我可以理解標示牌沒有離開過大樓附近，因為寶妹的魂魄繫之於牌子上，但是……「這個倉庫牌會感受到人內心的黑暗嗎？」

「照理說並不會，可是那個意念很強很強。」寶妹一臉恍然大悟的模樣，指向薛佳燕滴著血的身子。「是孩子呼喚我、呼喚牌子的！」瞬間，寶妹的下腹部也染滿了血。

「因為當初我男朋友也是因為我懷孕，才跟我分手的……我一時想不開就跳樓了。」

我立即瞪向難以面對大家的 Jason，實在很難不對他生氣，這個爛男人，就因為他對薛佳燕搞出這些事情！

『不想死……不想死啊……』

有個聲音，從薛佳燕體內幽幽傳來。

一提起孩子，薛佳燕囂張的氣燄頓時消失，她站在原地，突然有個東西自她張開的雙腿間滑了下來。

「男人都說一樣的話……說孩子確定是他的嗎？」寶妹捧起那瓷偶端詳著，「我聽見薛小姐哭著說為什麼要懷疑她，那些話好熟悉好痛苦，我的心臟彷彿被人揪著，我就醒來了！」

遠處沉重的腳步聲沒有停，只是緩慢的繼續往下走，而自薛佳燕雙腿之間落下的東西，緩緩的爬了出來……

那是一個不成形的嬰兒胚胎，只是個肉塊，但隱約可以瞧見哪兒是頭、哪兒是身體；他沒有皮膚，表面就像是一塊肉，上頭覆著光滑的黏液；她肚子還有條臍帶，緊緊黏著孩子的身體，他一步步的朝著 Jason 爬過去。

『不想死……我不要死……』嬰孩的聲音很淒涼，『爸爸！爸爸……』

「不！別過來……別過來！」Jason驚慌的大吼著，「好噁心！你別過來！」他極度恐懼著，一躍而起，再度朝著樓上狂奔而去。

他沒跑幾步，就被「丟」了下來，那真的是被扔下來的，因為Jason完全沒有碰到階梯，就滾上了地面。

腳步聲來了，幾個看起來瘦弱的老爺爺們走下來，最前頭的抓起Jason的領子，輕而易舉的拖往燈亮的地方看。

老爺爺們看起來就像正常人一樣，他端詳著Jason，連鼻尖都快貼上他了，像是想把他的容貌刻進腦子裡。

然後，他看向薛佳燕。

「這麼大的木雕。」薛佳燕比了一個高度，大概是十公分。「一定要一刀一刀的刻喔！」

「佳燕！妳別鬧，妳知道我只是一時——」Jason歇斯底里的喊著，卻突然噤了聲。

我們甚至沒來得及看清楚是什麼時候發生的事，Jason已經變成一塊人形木頭，立在我們的眼前！

老爺爺用指節敲了敲，全身上下敲了一遍，似乎在確定Jason是不是已經全然變成了木頭。

然後，他從腰間拿出一把雕刻刀跟木槌，朝Jason的臉上開始進行雕刻。

當雕刻刀刺進木頭裡時，所有人都聽見Jason的慘叫聲；當老爺爺拿槌子往雕刻刀上再施力、刨出一條木屑時，Jason叫得更加淒厲。

聲音是從木頭裡發出來的，慘絕人寰。

而且，木屑被刨出來的那一剎那，紅血跟著噴發而出！這個老爺爺要把一百八十公分高的Jason雕成只有十公分高的木雕？

「活生生的人……被當成木頭雕刻？」我不可思議的看著米粒，手心冒了汗。

「看來好像是……」米粒緊張的緊蹙眉心。

肉塊的嬰孩胚胎爬到Jason的腳下，輕柔的磨蹭著，血跟黏液沾得木頭都是，然後他發出陣陣愉悅的笑聲。

我想，這個嬰孩可能很期待能成為擺飾品，跟他的爸爸擺在一起……

緊接著，老闆的慘叫聲分散了我對Jason擠出的一絲憐憫，回首瞧時，他正被兩個粗壯的男人抬上木桌，寶妹很靈巧的捧著她的小瓷偶離開桌子邊；老闆拚命的掙扎，米粒決定衝上前。

不過屍婆更快，她不知躲在哪兒，把拐杖伸了出來，絆了米粒一大跤。

「薛佳燕！」老闆哭號得跟個孩子似的，「妳別這樣……我沒傷害過妳，妳不能這樣對我！」

「為什麼我不能……？我現在是權力最大的人呢！」薛佳燕冷冷的看著老闆，「就是有你這種人，才會有巧肥的囂張！而且你們當上司的永遠只問結果不管過程，只要我們把東西做好，後頭的人受什麼傷、有些什麼錯，你也不在乎對吧！」

「因為他是老闆！上司本來就是這樣子，他們要的就是大結果，難道還要去注意細節嗎？」我控制不住的吼了起來，「連人際關係這種小事都還要別人幫妳，妳也太依賴了吧！」

「那我現在就是上司！我現在就只要結果！」薛佳燕恨恨的看向壯漢，「他是燈罩，百孔千瘡的鏤空燈罩！」

壯漢聞言，兩個人飛快的將雙手置放在老闆身上，跟擀麵團一樣的推揉著他，也只有瞬間，老闆變成了一塊圓柱形的木頭，縮成跟桌子差不多大小的實心圓柱。

我看著壯漢拿出工具箱，不禁倒抽一口氣。

他們要把圓柱木頭刨成空心，成為一個圓形的空柱體，然後再用粗針在整座圓柱面鑿出一個個圓洞，製成藝術木雕的燈罩。

「我可以親自動手嗎？」薛佳燕來到壯漢身邊，接過大刨刀，開始從圓柱底下刨起大量木屑。

木屑與鮮血四濺，整個地下室傳來淒厲的慘叫聲，有Jason的、也有老闆的……不絕於耳。

寶妹一個人站在角落跟她的瓷偶說話，說著說著，突然間笑看了我們一眼，然後跑了過來。

「趁薛小姐在忙，我玩給你們看。」她眉開眼笑的一鬆手，她的瓷偶在地上摔成碎片。

陌生男人歇斯底里、接連不斷的慘叫聲響起，竟來自地上的瓷偶！它被摔成碎片，血從瓷偶裡流了出來，漫成一地，慘叫聲沒停過，我光用想的就知道，如果活生生的被刮成千片，哪能不痛？

「很有意思吧？『他』在裡面呢。」寶妹蹲上了地，「『他』會分解一個小時，一小時後又會重新組合成原來的瓷偶。」

「重新？」我聽了差點沒昏倒，意思是說……那男人得飽受這種痛楚長達一小時？

無法阻止痛楚，卻也死不了？

「然後我再把他摔碎！」寶妹很認真的點著頭，又站起身，回頭看了正在挖老闆身體的薛佳燕。

「你們趁她在忙，快走吧。」

米粒瞇起眼看她。

「磁磚是我送妳的，不等於不正當管道，本來就沒你們的事……但是薛小姐打算這樣折磨你們『所有的』同事。」她咬了咬唇，「我不懂大人的世界，但是她真的很討厭、很討厭你們。」

「她該恨的是她自己。」我瞪向薛佳燕，她用力的挖著圓柱，我可以想像她正在挖空老闆的心。

「她說你們見死不救。」

「我們沒有救她的義務。」米粒冷冷地回著，拉緊我的手，我們現在要出去的確輕而易舉。「妳呢？」

「我是地縛靈啊，我被綁在牌子上，只能待在這裡。」她指了地板上的瓷偶，「等我聽膩了他的叫聲，再想下一步吧！」她低首，用腳再踩了踩那碎片，加重痛楚。「叫得真慘，但是再痛也沒比我痛！」

我嘆口氣，情怨最是難解。

米粒朝她點了點頭，拉著我就往木梯那兒奔去，我們急促的身影引起薛佳燕的注意，她擎著刀子，趕緊追了上來。

她隻手抓住我的腳，硬生生把我往樓下扯。

「誰也別走！我要把妳做成和服娃娃，米粒就當石膏像！」她雙眼染滿了血絲，「這是報應！對同事冷漠的報應！」

夠了！我真的受夠了！

我緊閉起雙眼，怒火自胸臆間炸開，甩掉米粒的手，我翻轉身子，用力踢掉薛佳燕的手，甚至踩了上去。

「什麼叫報應！妳接下來要受的才是報應！」我沒有往樓上跑，反而狠踹了她的頭顱，她的頭顱卻轉了一圈又回到原位。「我們為什麼得幫妳？妳自己不會開口拒絕巧肥、拒絕所有同事嗎？」

「安！」米粒伸手拉住我的手臂，竟被我再次甩開。

「你們明知道我是以和為貴，我不想把辦公室氣氛弄僵！」薛佳燕跳了起來，青筋竄上她的臉。「你們只要說一句就可以了，只要不把工作交給我就好了！」

「我們沒有！我跟米粒從來就沒有過！」我衝上前，揪住她的毛衣衣領。「以和為貴是藉口，妳只是膽小如鼠！我以前的同事也被欺壓，但她至少懂得去跟四面佛要求得到加乘的能力，妳呢？只會巴望著別人幫妳？沒用的廢物！」

「不准說我是廢物！」薛佳燕轉瞬間化為醜惡的厲鬼模樣，青面紅眼，尖銳的指甲刺進我的雙臂裡。「光憑這個想法你們就該死！」

「妳拿石頭丟狗牠都會反擊，妳呢？」我順手拿起她剛鬆手的工具，「連狗都不如，生與死都一樣。」

沒有任何遲疑的，我拿起那把刀，往她手臂割了下去。

她的右手臂掉了下來，已經是鬼的她，當然不會痛。我只是怒急攻心，不做點事我自己會被怒火焚燒！

米粒衝了過來，由後緊緊的抱著我，將我拖離她面前。

「我一個都不會放過……一個都不會！」薛佳燕蹣跚的拾起斷手，「所有的同事，全部都得陪葬！」

「妳會下地獄的。」米粒制住衝動的我，「回頭是岸。」

「呵……呵呵呵……」薛佳燕低低笑著，緊接著狂笑起來，她的鬼笑聲和著Jason他們的慘叫聲，在這片陰暗空間裡交織而成一種令人窒息的樂章。

「有時候人活在世界上，」她雙手攤開，「就跟生活在地獄裡沒有兩樣！」

她淒楚的笑著，我們赫然聽見後頭又傳來腳步聲！

我想到我可能即將變成和服娃娃，米粒應該比較幸運，可以直接變成石膏像，不怎麼需要雕刻。

米粒緊緊抱著我，顫抖自他身上傳到我心裡。

為了這種事、為了這種人慘死……不，是永遠被禁錮在冥市，我死都不甘願——

「炎亭！」

電光石火間，我眼前真的憑空出現了一具乾掉的木乃伊嬰屍。

『真慢吶妳！』炎亭咯咯笑著，還有空回頭看我。『我等得好心急啊！』

「你……不會早點出現嗎？拖拖拉拉的！」我氣急敗壞的想扯下它，先打幾下屁股。

『妳沒召喚我，我怎麼來？這是冥市耶！』炎亭閒散自然的聳了聳肩，『情感闕如的人真麻煩，理智得要死，妳要不是氣到極點，才不會激動得把我叫出來呢！』

我？氣到極點……什麼叫極點，我曾幾何時會憤怒到「極致」這個點？

「什麼東西？」薛佳燕嫌惡的看著炎亭，她不知道「乾嬰屍」這種東西。

「現在怎麼辦！」米粒抓住炎亭，他不認為有時間拖延下去。

『下令吧，安。』炎亭稀鬆平常的轉向我，然後自然的再度坐到我肩頭。

它向後點點手指，走下階梯的工匠們停止了行動。

「下令？」我愕然的看著它。

『最後擁有牌子的是妳，妳才是倉庫最後的主人。』炎亭尖銳的笑著，對著薛佳燕驚愕的神情嘲弄著。『妳怎麼老是讓上一個主人發號施令呢？』

最後的主人……是啊，那塊磁磚，最後是落在我手上，也是我親手鑲嵌回去的。

『不過已經執行過的命令不能重來，因為已經進入雕刻階段，靈魂已然變質。』炎亭附耳在旁，有點替我惋惜的看著 Jason 以及變成圓柱的老闆。

「哪有這種事……憑什麼！她憑什麼！」薛佳燕不可置信的看著炎亭，「這是哪裡來的，今天大倉庫是我的，怎麼會有這麼『醜』的東西跑進來！」

永遠別說乾嬰屍「醜」，炎亭很討厭這句話。

殺氣自我肩上傳來，炎亭突然沉默了。

「炎亭，別動怒。」我拍了拍它，「『生氣』，現在是我的專利。」

我大膽的上前一步，深吸了一口氣，這兒再腐臭，我也無心顧及。

「解放吳雅寶。」我不想一個無辜的人永恆的待在這兒，「至於薛佳燕……」

我在想該把她做成什麼，這樣她才能體會到別人的痛？

溫暖的大手忽然壓在我另一頭的肩上，是米粒，他不用言語，我就知道他想說的話：別造孽。

「就交給冥市吧！你們缺什麼，就拿薛佳燕做什麼吧。」我搖了搖頭，這並不是掌握在我手中的事了。「還有我其他的同事們，他們都不是倉庫的財產，不能動他們！」

屍婆從懷中拿出一本簿子，仔細的端詳著，並沒有回答我。

「不公平！這是我的倉庫！我作主，我要他們每個人都成為陪葬品！」薛佳燕哭喊著，我身後的工匠掠過我身邊，朝著她而去。「為什麼又是我……我為什麼得不到幸福？為什麼？」

因為妳連自己的幸福都不懂得爭取，妳只會把錯誤推在別人身上。

我看著慘叫中的同事，就算我有機會救他們回來，我也懷疑我是否會這麼做。

我不否認 Jason 有錯，因為他傷害了薛佳燕，在得知她懷孕後急著撇清，這種人我打從心底瞧不起；我也不否認老闆造成了很多錯誤，讓員工在他眼皮子底下胡作非為。

至於摔成爛泥的洪麗香，我知道她遲早會到這裡來，因為她從薛佳燕皮包裡偷走了磁磚，但她已經歷了再多人也救不了自己的那種恐懼，或許也夠了。

我想的是……說不定現在躺在停屍間裡的她，從摔下纜車的那一瞬間起，就跟這裡所有的東西一樣，都保有知覺。

包括全身骨頭摔碎的痛楚，被搬運時的痛苦、被解剖時的觸感，以及被冰凍在停屍格裡的冰寒，全都嚐盡了。

蠟像巧肥呢，我斷不可能幫她，這種人永遠是公司的毒瘤，俗話說得好，除之而後快。

她已經得到了很適切的懲罰，不能開口說話，只能定在那兒，恐怕對她來說就是最大的折磨了——尤其是由她瞧不起的薛佳燕弄成那樣，她該很怨吧？

有人突然拉著我的頭髮。

『冥市要關了，物品都入倉了，活人該走了。』

炎亭低聲說著，圈住我的頸子。

「走了！」我回身，米粒已經伸出了手。

我們飛快的往上奔跑著，慘叫聲離我們越來越遠，薛佳燕驚恐的尖叫聲還在耳邊，我不知道冥市現在缺什麼，但是她總會適得其所。

我們跑出「爛鬼樓」時，燈籠開始一盞一盞的熄滅了。

「快點！你們要在燈光全暗、冥市全關前離開爛鬼樓巷。」寶妹不知何時跑在我們身邊，她抱著薛佳燕的「孩子」。

我們點了頭，開始邁開步伐狂奔，寶妹則半飛似的衝在我們前面，試圖阻止攤販收攤。

「滾開滾開！這無主靈想死嗎？」攤販恐嚇著寶妹，「小心我把妳封進鏡子裡！」

每一盞路燈都在我跑過之後熄滅，我們簡直是在跟時間競賽。

好不容易跑到了坡頂，眼看下坡路段輕鬆，巷口就在眼前，竟然有人在中間以攤位築起了一道牆，彷彿在阻止我們通過。

不屬於倉庫的活人留在冥市裡，會發生什麼事，我連想都不敢想！

寶妹在前頭試圖把攤位搬離，但是她好像不太熟練。

『礙事。』炎亭站在我肩上，枯瘦手指一指，前頭瞬間炸開一個洞。

「回去讓你有吃不完的玉米片！」我跟它保證。

「咯咯咯……」它開心的笑了。

「乾嬰屍！是嬰屍啊！」我們路過某些目瞪口呆的攤販時，聽到驚嘆聲。「修行很高的寶貝啊！」

樓房的燈開始大批大批的熄滅，眼看著連在我眼前的燈都熄了，他們是故意的，想要把我們留在冥市裡！

「這裡——」有人在尖叫，我眼睜睜看著巷子口的最後一盞燈——暗了。

有股力量拉住我的手，我往前摔去，滾落在地上的痛楚，讓我哀叫了起來。

膝蓋好痛，我好像撞上了什麼！我自己知道滾了兩圈，躺在冰冷的石板地上，身邊有人在呼吸。

「安？還好嗎？」米粒拍了拍我的臉，我睜眼，發現自己抱著膝蓋。

「好痛！」我嚷著，發現街上路燈亮著，並無異樣。

「我也摔倒了，炎亭有夠粗魯。」米粒抱怨著，坐了起身。

我爬了起來，發現自己坐在人行道上，附近一如正常的商家，幾盞路燈亮著，現在已是深夜，沒有店家營業。

『及時拉你們出來，已經該好好感激我了。』炎亭乾枯的手攀上我的背，爬上我的肩頭，那是它喜歡的位置。

「我們出來了嗎？」我喃喃的問著。

『嗯，都出來了。』他瞥向一旁的影子，『自殺的人不能投胎，妳解放她也沒多大作用，妳知道嗎？』

我順著他的眼神看去，寶妹穿著粉紅色的衣服，走了過來。

「我知道。」她點了點頭，「我會去認真找尋投胎之道。」

「至少不是困在冥市裡就好，那兒的時間似乎代表永恆。」我看著她，一個懵懂無知的高中女生，因為偷嚐禁果而導致了無法預料的後果，但因此了結性命，並不值得。

「我回去會託人幫妳作點法事，讓妳好走。」米粒也虛脫了，只對著寶妹笑了笑。她點點頭，身影消失在夜色中時，空中還留下了「謝謝你」的餘音。

米粒吃力的站起來，我也覺得身上被抽乾了大部分的氣力，被拉起後，無力的靠在他懷裡。

「我快累死了。」

「總比氣死好。」他低聲笑著，「妳得感謝不好相處的同事們。」

「咦？」我抬起頭，聽得懂他在說什麼。「是啊，我剛真的氣到最高點。」

『哎呀哎呀，憤怒回來了啊！』炎亭彈著它尖硬的指甲，淡淡說著。

尾聲

我們搭第一班船回到飯店，直接就睡在米粒的房裡，他每次都很好運，都能一人睡一間雙人房，幸福得很。

我們打算等醒來後再做打算，說詞什麼的也沒時間串通好。

不過，冥市不愧是大市集，在我們沉睡時把所有的一切都打理得很妥當。

香港出版社的老闆中午就打電話上來找我們，他說備妥中餐，請我們一起去吃，吃完後再開個會，就送我們去機場。

中庭裡站了一個陌生的活潑女孩，她熱情的自我介紹，其實她才是業助……

「大家好，我叫張雅寶，大家都叫我寶妹！真抱歉，前兩天因病休假，到今天才能跟大家見面！」她熱情的跟我們握手，「想帶什麼名產包在我身上，想吃什麼我都帶你們去吃！沒問題！」

不必說，我跟米粒都知道這個寶妹為什麼生病。

然後，寶妹跟我們說，老闆、巧肥跟 Jason 昨晚「連夜趕回台灣」，台灣有要事處理，香港會議就交給我跟米粒。

我們不知道是什麼東西跟香港的王先生聯絡的，不過冥市將事情處理得乾淨，至少老闆跟 Jason 在香港或澳門，都不會是失蹤人口。

「那、薛佳燕呢？」米粒也注意到了，他們沒有提到這個名字。

「咦？」香港的一票人愕然的看著我們，「誰？」

「薛、佳、燕。」連我都有點困難喚著她的名字。

「啊？是誰啊？」王先生也一臉疑惑，「我沒記錯吧，陳老闆、Jason、Jacqueline、安小姐妳跟莫先生，不就五個人嗎？」

我跟米粒交換了神色，原來……打從一開始，薛佳燕就沒出現過。

所以在台灣通關時，她異常的快速，海關還催促我，那是因為我前面根本沒有她的存在，海關人員還以為我在發呆。

太平山那晚她身體不舒服，也沒驚動其他人，是那個偽寶妹帶她去坐車的。

看得見她的就只有身為同事的我們，她就是為此而來的。

那麼，那個行李箱呢？我剛剛回房去收拾時，它還在角落。

「怎麼了嗎？有位薛小姐沒到嗎？」王先生很認真的問著我們。

「沒有，餓了！我們先去吃飯吧！」米粒連忙帶過，不想再討論這個話題。

「安小姐啊，妳有沒想吃什麼？我跟妳說啊，我們這裡義順燉奶好吃、燒臘更是一流，還有……」寶妹吱吱喳喳的，讓我有點懷念。

「妳，好像樂在工作喔？」我問了她。

「咦？您在開玩笑嗎，安小姐？人人都得工作才能掙飯吃啊，不樂在工作怎麼辦？」她說得理所當然，亮著一雙眼。「您得讓工作喜歡您、您也得喜歡工作嘛！」

我笑著，真希望這句話可以傳到薛佳燕的耳裡。

我跟米粒接下來就在香港代表公司開會、遊覽，行前王先生還請我們節哀順變，起初我怔了一下，才想起是洪麗香的事。

聽說她的遺體已經被接走了，家屬打算火化，我真不敢想像，她在焚化爐裡慘叫、拍打棺木的聲音。

第三天傍晚，我們回到了台灣，出發時六個人，回來卻僅存二位。

房間那只銀色皮箱我沒動過，之前確認過上頭是薛佳燕的名字，等我們再回到飯店時，行李箱已然消失，我不想知道是誰拿走的。

才踏進機場，就看見了新聞在報導駭人聽聞的新聞，某棟樓昨日上午因為氣爆，導致全棟陷入火海，死傷慘重。

我拉住米粒，想看完那個新聞，因為主播身後的畫面，異常熟悉。

那個角度，很像當年吳雅寶跳樓自殺後，記者拍攝的鏡頭角度。

「那是我們公司那棟樓……」我喃喃唸著，米粒停了下來。

火災的新聞播了很久，每個細節都被報導出來，那就是我們公司。

看到「無人生還」四個字，我幾乎喘不過氣來。

『目前判斷是因為大樓突然氣爆，導致天花板塌陷，員工來不及逃離……只是將近十個人都沒有逃出，實在是匪夷所思……同一層樓的人都順利逃出，表示火勢一開始沒有想像的猛烈。』

「部門的人……全部都喪生了。」米粒凝重的看著電視。

「太過分了！我不是倉庫的主人嗎？為什麼還會發生這種事！」我抓著米粒，「他們騙人，還是說——」

「噓噓……別生氣！」米粒趕緊抱住我，「妳得開始學會控制脾氣了。」

我大口喘著氣，我的確無法克制胸中突然竄出的怒火。

這跟去年我獲得悲傷的情緒一樣，我把從小到大該哭的悲慘事情從頭到尾哭了好幾遍，一口氣把悲傷補足，結果雙眼差點沒瞎掉。

「時間是昨天上午，我們昨天晚上才進爛鬼樓巷。」他輕聲的說著，「炎亭說過，已經做過的決定不能更改。」

我癱軟身子，昨天早上……薛佳燕就已經下手了嗎？

氣爆發生在六樓，整棟樓幾乎無人傷亡，而我們部門卻全數罹難。

「這不公平。」我心裡很悶。

「世界上從沒有公平的事。」

「他們罪不致死。」頂多只是欺負職位小的同事，軟土深掘，可是世界上多的是這樣的人。

「話是沒錯，但是薛佳燕寧願為他們下地獄，她認定他們是害慘她生活的幫兇。」

米粒見我鬆了身子，這才放開我。「畢竟他們也有幫巧肥欺負她，沆瀣一氣，這是事實。」

我嘆氣，是啊，如果誰都別傷害誰、欺壓誰，或許就能逃過一劫了。

「劉備說得真好。」我拖過行李，無奈的聳了聳肩。

「勿以善小而不為，勿以惡小而為之？」他挑眉，果然懂我說的話。

我笑了起來，但我跟米粒是特例喔，我們可沒欺壓薛佳燕，是她認為我們應該要幫她，我們才會這麼倒楣被扯進去。

如果她心態正常些，我跟米粒根本跟她毫無相關。

「唉，又要找工作了。」他有點無力。

「我想休息一下。」我很有自知之明，「我得先學會控制憤怒的情緒。」

「我陪妳。」

「這麼好？」我尷尬一笑，「上次控制悲傷已經花了你很多時間。」

「只要是妳的事，我不在乎花多少時間。」他說得淡然，我心裡卻有著甜美的感覺。

這是什麼感覺？我好像還感覺不太出來。

「回家前得先去買炎亭指定要吃的東西。」

「我知道。」

「要不然它可能會翻臉……順便請它把身上跟著的穢氣清一清。」

「那得再買些新口味給它試試！」

「嗯。」

※　※　※

2009.12.10 Thu. 台北 冷、晴

從香港會議回來後第三十一天，我已經可以控制我的脾氣了，我之前的確很易怒，但是當冷靜下來後，就發現值得生氣的事沒有那麼多，我只是一時無法承載極端憤怒的到來。

炎亭說過我是個缺乏極端情感的人，那是前世我自己的選擇，我的情感四散在世界各地，必須靠著自己去找回——如果我願意的話。

在泰國我找回了悲傷，在港澳找回了憤怒，我覺得自己已經愈來愈像是個正常人，所以還想繼續尋找，我想要打從心底的感到快樂，我希望能找回喜悅的極端情緒。

公司出事後，我們從香港單位領了剩下的薪水後就離職了，公司那棟樓現在是一棟廢墟，準備打掉重建；米粒遵守對吳雅寶的諾言，他請了他熟識的朋友作了法會，為她超渡，但是其他還是端看她自己，有的是苦刑得受。

至於我們那些死於非命的同事，也一同超渡，他們是被厲鬼所誤，許多人無法接受自己已死的事實，聽米粒說，有好幾個並不願意離去。

我手臂上被薛佳燕刺傷的部分已經癒合了，炎亭幫我「治療」妥當，它的治療方式是要米粒把我的傷口刨掉，塞進浸過水的米粒（真正的米），再沖洗而去，我實在痛得很想扁人。

會有很醜的傷疤我知道，但總比兩隻手臂都潰爛的好，對吧？

今天上午發生了一件很離奇的事，有貨運送一只銀色皮箱到燒毀的公司大樓舊址，發現無人收件，恰巧有警方在附近，他們便收了下來；地址寫的是公司，那層樓是罹難樓層，警方很清楚。

他們把皮箱帶回警局，對照名字之後，發現薛佳燕是列在「失蹤人口」，因此找了她的家人前往領件；不過在這些動作之餘，警方試圖打行李牌上的電話，結果響的是我的手機。

我聽警方說了這些事後，只跟他們說我是她同事，我也不清楚為什麼她會把電話填上我的；我思忖了一會兒，詢問警方是否能打開那只皮箱。

警方說沒辦法，他們要等家屬來再做處置；我跟警方說，萬一家屬也打不開時，或許我有一組號碼可以參考看看，就掛斷了電話。

十分鐘前，警局再度打來了，他們說家屬來了，也打不開皮箱，他們原本有自信密碼設置是她生日……警方準備要撬開那只皮箱；電話的背景是許多人的哭聲，對薛佳燕的家屬而言，她失蹤快兩個月了，當然很緊張。

當時我看著米粒，他點點頭，我報了「1798」這個數字。

警方搗著話筒報號碼，幾秒鐘後，我聽見了尖叫聲，還有人喊著「好臭！」「幹！屍水！」的聲音。

我默然的掛上電話。

我親切的呼喚我的乾嬰屍，它正坐在電視機前轉台。

『屍體，薛佳燕的屍體在行李箱裡。』

它說了讓我很吃驚的答案。

『別問我她怎麼把自己塞進去的。』

可是我認為她應該在倉庫裡。

『啡啡……』那時炎亭轉過頭來，帶著邪氣的看著我說：『身體跟靈魂分離，那才是世界最難熬的痛啊，嘿嘿嘿……嘿嘿嘿……』

它笑得讓我覺得頭皮發麻，我又開始想像靈魂與身體分離的痛、還有他們分別受折磨的痛楚。

炎亭話中有話，它說薛佳燕是自己把自己塞進行李箱的，銀色箱子一直跟著我們，她或許曾試著讓自己的靈魂與軀體聯繫在一起。

更奇妙的是，塞在行李箱的屍體，竟然要等打開之後才傳出氣味？或許密碼是一切的關鍵。

至於那組密碼……1798，我篤定，這並不會是薛佳燕一開始設定的密碼。

一步錯，步步錯……不過我真的很好奇，她最痛恨的巧肥，到底變成了什麼藝術品？

她不會放過巧肥的，我知道。

沒有人會。

冥市

夜深人靜，在人類世界趨近於靜寂之後，蟄伏的市集正點亮了燈火，即將開始交易。

「來喔來喔！剛出爐的擺飾品，看上眼的都可以帶走！」小販們聲聲叫喚，路上開始湧現人潮。

「這個很特別啊，新貨新款式！」小販指著一個燈飾說著，燈罩是一個鏤空的圓木，上頭以等距鑽出無數的圓洞。「擺在家裡啊，牆上會映出圓孔別有風味！」

「這孔洞滲出的是血嗎？」

「是啊，這可是實心圓木，純手工挖空、再鑽孔的呢！」小販暗暗說了一句，「新貨，剛進倉庫的。」

「啊，是1798號的嗎？很新鮮，幫我包了。」貴婦樣的女人笑吟吟的點頭，「還有別件嗎？還是這次只有一件！」

「來來，這裡還有！」小販拿起桌上的一個木雕，「這叫負心漢，是等人高的原始木材雕刻再上色的。」

婦人拿起來端詳，有點不滿意似的。

「這有瑕疵啊，你看他的耳朵邊，有塊多出來的東西！」婦人嫌棄般的指著，木雕的右耳有塊凸出物，包住他的右臉頰。

「哎，您有所不知啊，這是他孩子！這負心漢不要孩子了，但是孩子捨不得父親，硬要黏在一起，咬著不放呢！」小販壓低了聲音，「而且……父親也具備重組功能喔！」

「重組？最近的工匠越做越好了！」婦人雙眼一亮，「你是說我可以把他們磨成粉，他還是能再組合？」

「是啊，只限爸爸的部分，只要粉末不流失，花五個小時就能再重組成原來的娃娃。」小販細心的撫摸著木雕，「這種怨氣重的精品是很少見的，不瞞您說，1798號倉庫的，幾乎都有這種功能。」

婦人很滿意，問了問價格，其實相當昂貴，但有重組功能的藝術品不多，還是狠下心每樣都買了。

買些特別的東西回去裝飾，心情不好時還能折磨折磨這些活生生的擺飾物，挺有意思的。

婦人滿意的要身邊的小妖把東西拎好，又開始到別攤去晃晃。

今天市集來了個新攤位，外頭圍滿了人，非常受歡迎的樣子；婦人也擠上前去，想看看是什麼東西讓大家連聲叫好。

攤子沒賣任何東西，只是圍成圈的人群中，立了一尊蠟像，那蠟像既矮又肥而且醜，有一種瞧不起人的傲態，做得還真是栩栩如生。

「來，您可以選任何工具毀壞這個蠟像，但是只針對一個部位，別隨便亂砍亂割的。」小販的頭擱在桌上說著，身體卻在一旁動得很俐落，對著剛付錢的客人說：「這尊蠟像是難得的產物，大家儘管拿她來洩洩平日的怨氣。」

「怎麼個特別法？」婦人好奇極了，她當然聽見不絕於耳的慘叫聲，來自於眼前這尊已經沒有右手的蠟像。

蠟像的右手可能被上一個客人扯下還是拿工具敲下，碎成好幾段，小販才剛把它們收集好，擱在一個箱子裡。

「這蠟像歷時七七四十九天才做好，她身體的每一寸都可以毀壞，並且重複用同樣的方法再製鍊而成！」現場一片驚嘆聲，沒有聽過有東西能夠恢復材料的狀態，並且再次成為成品的。

即使能再生的瓷偶，也是碎片自動組合，無法重為陶土，再被捏製啊！

「你是說……這尊蠟像被破壞後，你可以把她再燒熔成蠟，再重新灌模？」眾人議論紛紛，冥市裡沒聽過這樣的技術。

「是啊，這是怨氣最重的一尊蠟像了！」小販眉開眼笑，這可是他花了大把冥幣才買到手的。「除了原創者的怨氣之外，其他倉庫裡每一件工藝品都對她有怨氣，還有好多不知名的恨意呢，這加起來可龐大了！」

語畢，眾人紛紛掏錢要來玩玩這尊蠟像，小販也公布了「爛鬼樓」的蠟像重製時段，大家只要付一定的金額，就能親眼觀賞蠟像重製過程，還能喝杯下午茶打發時間。

蠟像正經歷永無止境的地獄生活，她每天被人用各種工具砍、殺、刺、切、割，痛不欲生，而且這份疼痛並不會麻痺，她尖叫不已，這些人似乎喜歡她的尖叫。

然後她每一個被打爛的碎片會被收拾起來，加上她的斷肢殘臂，一同放在一個鐵製的爐子裡，送進終年高溫不斷的特製火爐裡，活生生的再熔成一堆蠟，她被煮沸、化成一灘蠟，痛楚也不會因此燒斷。

然後她再歷經灌模，唯有在模子裡冷卻的那段時間，她才能有片刻的舒緩。

她知道，這是誰搞的鬼，是「她」打旅館房間電話給她，讓她彷彿失魂般的跟「她」來到澳門，走進這條巷子，在冥市裡成為一尊蠟像。

但是，沒關係，再痛她都能忍。

因為把她害到這個境地的那個人，正是必須忍受終年高溫燒烤，那個永遠不會間斷火苗的壁爐！

總是要比，才知道誰的尖叫聲比較淒厲是吧？

薛佳燕可以大方的、懷恨的、盡情的燃燒她，但是烈火不斷的她，也好過不到哪裡去。

1798倉庫裡的人，誰都不會比較快活。

「這個……就交給你了。」有人在市集裡走動，將一塊東西交給了另一個人。

「啊，2035的倉庫牌啊……」

「是啊，找家店放著，放著……」

「老是找店，萬一被人正當的買去怎麼辦？」

「呵呵，買啊，買的人沒事啊！放心好了，依照人類那種劣根性吶，偷搶拐騙這種事司空見慣的啊！一定會有人，是屬於2035倉庫的呢！」

「是啊是啊，不然這冥市，要怎麼開張呢？」

燈火通明的市場，販賣著各式各樣的古物與藝術品，它是一條不長也不短的斜坡，位在繁華的澳門，相當容易尋找，只看你是挑什麼時間光臨。

巷子口的石牆上鑲著白底藍字的路牌標示——爛鬼樓巷。

番外・來自往日的贈物

天氣炎熱得令人揮汗如雨，即便到了夜晚依舊窒悶，原本熱鬧的街上漸趨靜謐，人潮越來越少；一個身材曼妙的女人拿著冷飲站在街角，倚著牆盡可能讓自己低調，不過實在有點困難。

高眺又有張豔麗的容貌，大半夜她也不可能戴帽子遮掩，三三兩兩的路人經過，總會不自覺的多看她一眼。

「我真的累了！」從另一邊走來疲憊的男人，「妳為什麼一定要到這裡來？」

「這是我此行的目的好嗎？我早跟你說過了，我來這裡不是為了什麼大三巴或是蛋塔的好嗎？」女人不客氣的擰眉，「累你可以回飯店啊，是你自己要跟著的，閉嘴！」

男人一時氣惱，但望著眼前的美女再怎樣也得把怒氣壓下，這是還未攻下的美人兒，他總得好好表現啊！

「我這不是擔心妳嗎？」男人試圖表現紳士風度。

「我不需要人擔心啊，我一開始就打算一個人來的。」女人一點兒都不客氣，「布萊恩，我認真的重申，你回去吧！我真的沒關係。」

「不行！妳……葛宇彤！妳本身就不是安全的人，半夜在外遊蕩，誰都不可能放心！」布萊恩還板起臉孔，一本正經。「雖然我不知道妳想做什麼，但真的太危險！」

葛宇彤深吸了一口氣，完全呈現了不耐煩，她一點都不想領這份情，沒規定別人對她好就一定要收的，要是都得收，那她人情還不完了好嗎？就憑藉這副皮相，多少男人向她示好啊？每個人她都得回應累不累？

「我們話說在前頭，我不需要別人擔心，也不必人保護，是你自己要跟我來的。」葛宇彤雙手抱胸，不爽的睨著男人。「要是有什麼狀況不要怪我，我也沒空管你喔！」

布萊恩的拳頭略微握了握，這種態度的女人真的一點都不可愛，再怎樣也該要心存感激之情吧？但偏偏她就是因為這種個性令人著迷，認識葛宇彤之前，他都不知道自己有M屬性。

也或許，其實是因為這種女人更能激起男人的挑戰慾吧？究竟要怎麼樣才能追到手？

手錶傳出低頻的滴答聲，葛宇彤倏地抬首，轉身就往旁走去。

「欸！」布萊恩措手不及，這女人還真當他不存在啊，連要走也不打聲招呼！走沒兩步，布萊恩意識到四周開始變得朦朧，風吹送霧氣而至，雖不甚濃，但也盈造出一種詭異之感。

「居然起霧了？」他喃喃看著霧氣在四周繚繞，「明天又是晴天啊！」

「噓！」葛宇彤回身示意他噤聲，正左右張望著，似是尋找著什麼。

問題是她什麼都不說，他根本不知道她來這裡做什麼、找什麼。

那是在酒吧中令人眼睛一亮的女人，他客氣的上前攀談搭訕，她倒也沒有拒絕，兩人交換聯絡方式發展成朋友——即使他對她展開猛烈的追求，但她很明顯的表示他們就只是朋友。

「如果要交往才能做朋友，那就不要聯絡了！」這女人還撂過這樣的話！開什麼玩笑，他不可能這麼快就棄械投降，從朋友做起好歹還有希望，要是連朋友都沒得做了，豈不是機會等於零？

硬著頭皮，咬牙先當朋友，反正他相信精誠所至，金石為開！好不容易知道她要出國的消息，他哪能放過這個機會，在國外就有無限可能，說不定能一舉拿下啊！

「啊，找到了。」葛宇彤停下腳步，美麗的臉龐露出今夜第一個笑容。

那嬌豔的笑容總是令人心醉，布萊恩看得都要出神了。

「什麼？」他溫聲的趨前，表現一種熱切的參與。

只見她指向了牆上，石牆上有個方塊標示著：爛鬼樓巷。

白色的底，藍色的線框著，中間一道行線隔成上下兩塊，上頭寫著清晰可見的「爛鬼樓巷」，下面是「TRAVESSA DO ARMAZEM VELHO」。

布萊恩一瞧不禁皺眉，「澳門的路名真的很奇葩，什麼亂七八糟的都有！」肥胖圍、跛腳梯、情人街、美女巷、幻覺圍，還有一堆長到不得了的名字。

「這條可不一般！」葛宇彤期待的挑了挑眉，朝黑暗中的巷子裡看過去。「我聽說是條熱鬧的市集呢！」

布萊恩在她身後探頭而出，瞧見的卻是一條烏七抹黑的靜寂巷道，老實說，連隻路過的貓狗都沒有。

「熱鬧？」

「嗯……少安勿躁，我們等等。」葛宇彤摩拳擦掌，一副興奮模樣。「只要看到有人意圖往這裡走，就跟他們進去。」

布萊恩望著她，其實有聽沒有懂，這麼一條漆黑無人的巷子，要走進去隨時都能走啊！而且現在都已經十二點了，還有誰會來這個非觀光區……

嘻笑聲突然傳來，布萊恩錯愕的回頭，在馬路的另一邊，竟真有一群人正愉快的走來。

「我看地圖是這裡吧！」帶頭的男孩看著手機，「就在前面！」手一指，全體跟著抬首，立刻就與巷子口的男女對上了眼。

一二三四……居然有十幾個人，看上去都是還帶著點大學生模樣，熱鬧得像是要去郊遊似的，問題是，這裡還有什麼地方可以逛啊！

「嘿！」葛宇彤主動往前，「請問你們也是要去市集嗎？」

看著手機地圖的男孩即刻怔住，「……對，對！」

後面輕聲的驚嘆與交頭接耳：好正喔！

「我也要去，市集應該差不多要開始了！」葛宇彤勾起迷人笑容，「方便的話，我可以跟你們一起去嗎？」

「咦？妳……」短髮女孩有些遲疑，「沒有通行證嗎？」

葛宇彤大方的搖了搖頭，「那個通行證這麼好拿的話，我就自己去了。」

「那妳居然也知道夜間神秘市集的事！」一夥人相當詫異，「我們以為這很隱密耶！」

高個子男孩問著，一群人不約而同的看向站在最後方，手裡還在咬豬扒包的鴨舌帽女孩。

「嗯？」她困惑的眨眨眼，「應該是秘密啊，那個老婆婆是這樣跟我說的！」

鴨舌帽女孩抓著豬扒包的右手掌心裡，清楚的握著一塊方形物品。

那片長方形的磁磚就是路牌名的縮小版，澳門四處都有在販售的磁鐵紀念品，只是鴨舌帽女孩手上是磁磚版；一樣白色的底，寶藍色的框線，上面寫著中文巷名，下頭寫著葡萄牙文

四個中文字：爛鬼樓巷。

啊啊，葛宇彤笑容更深了，就是、那、個！

「原來妳是通行證的主人啊！」她很有禮貌的邁開長腿，朝著女孩走去。「可以嗎？跟妳一起去？」

「當然可以啊！」鴨舌帽女孩爽朗的笑了起來，「他們也都是跟我來的呢！」

打量著這票學生，其開朗的程度跟想像的大相逕庭，葛宇彤原本想像的畫面是驚恐的臉色、顫抖哭泣不停的人們，最好還連路都走不穩，她才可以見義勇為的前去搭訕。

怎麼跟聽說的不太一樣？不是應該驚恐交加嗎？

「妳有通行證走前面好了。」葛宇彤邊說，身後的男人跟上，她極其無奈的瞥了他一眼。「你確定要去？」

「去啊！」布萊恩挺起胸膛。

唉，她搔了搔頭，「他跟我一起的。」

「嗯！好哇！」鴨舌帽女孩張開掌心，她手掌裡果然是塊牌子，上面寫著爛鬼樓巷。

她輕快的往前，身邊跟著的短髮女孩應該是密友，顯得倒是謹慎擔心，然後率先進入了爛鬼樓巷；後頭的學生們吱吱喳喳，活像要去觀光似的，這真的讓葛宇彤疑心得不得了。

「你們知道神秘景點是什麼嗎？」她忍不住問了就近的學生。

「午夜市集啊！」學生們異口同聲，「聽說爛鬼樓巷裡有個神秘的夜間市集，有緣人才可以看見呢！」

葛宇彤微啟朱唇，連哦一聲都喊不出來，這些學生真的狀況外到很嚴重啊！

進入巷中後，突然有一盞燈亮了起來。

不是路燈，是巷子裡住戶的燈光，自窗戶裡亮了起來，緊接著一盞兩盞三盞四盞，所有的燈都亮了起來，古色古香的路燈，也都在瞬間明亮。

整條爛鬼樓巷霎時燈火通明，石板地、世紀初的燃油路燈，還有一張張在窗子旁的臉龐。

緊接著「爛鬼樓巷」裡兩旁住宅的門全開了，人們自屋裡走出，有人拖著攤子出來，有人揹著一大包東西，佔塊地便將身上的包包張開，瞬間成了路邊攤子。

「來看來看！」最靠近我們的小販喊著，「這可是葡萄牙人留下來的！」

「這兒！我這才是葡萄牙商船上的東西！」另一頭的小販喊著。

氣氛既熱鬧又歡樂，看得所有人瞠目結舌！

「這是什麼？也太神奇了吧？」

「是平行空間嗎？」

葛宇彤雙眼發光，她也不相信親眼所見，聽安說的時候像是個神話，所以她非得到這兒來看個仔細不可。

冥市，這裡是冥府的市集啊！

「漂亮的……」就近的攤販拿著一串項鍊朝她招手時，卻突然頓了住。

臉色丕變的一彈指，攤上的東西立刻收成一包，比台北東區跑警察的攤販還俐落，一臉戒慎恐懼的轉身就跑。

「搞什麼，怎麼有討厭的東西混進來了！」

討厭的東西？是指她嗎？這咕噥聲大到深怕葛宇彤沒聽到似的，她聽得倒是不太爽。

「這個市集好棒喔，好多東西！」學生們到處逛著，絲毫沒在意無以計數的眼睛盯著他們。

「可是好像有點無聊耶，都賣古董……有沒有好玩的啊！」某對情侶正在抱怨。

「有！當然有！」路過的老人家打量著他們，「活人啊……誰的人啊！」

活人啊，這三個字讓部分學生覺得怪異。

「有通行證嗎？」老人又問。

鴨舌帽女孩立刻趨前，她豬扒包放回袋子裡了，現在正在吃滷味……葛宇彤看她手腕上掛著的一串袋子，敢情她真的是來野餐的。

「2035 倉庫的？」老人家反覆看著牌子，指向了前方。「拿著牌子往前走會看到一棟掛滿燈籠的三樓平房，上面寫著爛鬼樓。」

「噢噢噢噢——」十幾個學生發出驚人的興奮叫聲，「還真的有一棟樓叫爛鬼樓喔！」

「有鬼爛在裡面？哈哈哈！」

「超屌的啦這些街名！」

「有沒有賣吃的？我有點餓了！」

眾人你一言我一語，葛宇彤肩上突地一陣重，布萊恩竟搭上她的肩，臉色不太好看。

「我覺得……有點不舒服。」他白著臉，看起來快吐了。

「你不是說要來保護我嗎？」葛宇彤涼涼的問。

「對不起，但我一進來頭就很暈……」布萊恩都快倒在她身上了，葛宇彤回頭，不耐煩的攙起他。「媽的，你振作一點好嗎？沒保護到我還敢變成我的累贅？」

布萊恩根本回不了話，下一秒腳一軟，居然整個人往地上倒去。

幹！葛宇彤當下就飆出髒話！四周所有人紛紛側目，她氣得甩開男人的手任他趴在地上，她簡直不敢相信，她都還沒開始逛，這個硬跟來的累贅就要礙手礙腳了？

「怎麼了？他不舒服嗎？」鴨舌帽女孩奔了過來。

「對……抱歉，我不能跟你們去了，你們先去吧。」葛宇彤認真的說，再不情願，也不能扔下這傢伙啊。

鴨舌帽女孩有點遲疑，看著倒地的男人、看著葛宇彤，再回頭看向那票同學。「唉，好，我們先去看看情況，再回來跟妳說！」

「沒關係，說不定我等等很快就帶他走了。」葛宇彤說這幾個字時，一整個咬牙切齒。

鴨舌帽女孩一臉惋惜，難得她有這個寶貝通行證可以逛神秘市集，想說能帶越多人來越好呢！只是還沒轉身，朋友就急著呼喚她，因為前方有人前來，直接指名找她，要迎接他們去爛鬼樓呢！

這簡直是殊榮吧，一群學生興奮不已，跟著領隊的人，漸漸消失在迷霧間。

葛宇彤絞著雙手滿心不悅，回頭看向趴在地上的布萊恩，粗暴的抓起拖到一旁的牆角去。

拿起手機想要找誰抱怨一番，卻發現這裡居然毫無訊號？

「小姐，要不賣給我吧？」

左手邊的攤商男子開口了。

葛宇彤緩緩朝左方瞥去，男人攤上擺了一堆燈飾，全是藝術造型，只是木頭均泛著紅光，讓她覺得有些詭異。

「賣什麼？」

「這個人啊。」男子朝向地上的布萊恩。

「你們還搞人口販賣啊？」葛宇彤勾起嘴角，這有意思了。

「我們這裡原料很缺乏啊，人類可不是常常有的。」男子非常誠意，「這麼大隻，願意的話可以做不少件藝術品呢！」

賣掉這個沒用的傢伙？葛宇彤看著地上失去意識的布萊恩，安說的果然沒錯。

「這裡還真的是冥市啊……」葛宇彤輕語，搖了搖頭。

「是啊，這裡就是啊！」這麼小聲，男子還是聽得一清二楚。「冥府的市集，這兒專賣死人的東西，最獨特的是，我們打造獨一無二的藝術品呢！」

「是是是，但我這位是非賣品。」葛宇彤敷衍回應，「再說了，冥幣對我來說又沒用！」

「哎呀，您可以挑喜歡的等價品啊！」男子真是鍥而不捨。

葛宇彤失聲而笑，她就是想見識一下安口中所說的詭異冥市，雖然布萊恩她不感興趣也沒啥用，但不代表會把他扔在這兒……製作藝術品的過程安沒說仔細，但怎樣都不是太……等等！

「喂，那剛剛那群學生去什麼地方？做什麼？」

「啊，那是倉庫的事啊，他們不是有通行證嗎？2035 的牌子才出去轉沒多久，就帶回了好幾個靈魂，那倉庫很大，要一口氣塞那麼多人也是綽綽有餘！」

什麼？葛宇彤警戒心遂起，「那些人會怎樣嗎？」

「他們都是倉庫的物品啊！都會變成完美的藝術品，妳放心好了！」男子咯咯笑了起來！

「我放什麼心啊！」葛宇彤怒吼一聲，跳起來就往爛鬼樓的方向衝去！

明明沒幾步距離，但是她衝過去卻直闖進一片濃霧中，幾乎伸手不見五指，叫她再難前進一步！咬牙退了出來，感受到附近視線的投射，她忿忿的斜瞪右方獨眼女人。

「我要去爛鬼樓！」她低喃。

「沒通行證過不去的！」女人妖嬈一笑，「妳喔，剛沒進去算妳運氣好！」

「那可不一定！」坐在地上的男人冷冷的笑著，「如果 2035 的主子不放過任何人的話，就算站在這兒，工匠也隨時會到。」

「唉呀，這麼美的人……」獨眼女人不客氣的打量起葛宇彤，「直接做成活娃娃多好！」

此地不宜久留！葛宇彤深吸了一口氣，毅然決然轉身就走，雖然與剛剛那群學生只是萍水相逢，想到他們可能全體葬身在這冥市裡，她還是覺得於心難安。

但是這本來就不是活人該來的地方，安那次到澳門的經歷已然很驚悚，是她自己好奇偷跑來一探究竟的！

奔回布萊恩身邊時，攤商男子正蹲在旁邊打量著他，雙眼渴望得都要滴出蜜來。

「幹嘛？」她不客氣的卡在他旁邊。

男子抬頭，那瞬間葛宇彤看見了他臉上似有六雙眼睛在轉著。「唉，不是經由正當管道我也不能碰他啊。」

「閃遠些。」她一把扛起布萊恩，這傢伙沉得令人惱火。

拉著他的手臂往前邁開步伐，每一步都走得吃力，而路過的每個攤子都渴望的望著他們。

「要走了，真的不賣掉他嗎？」

「小姐，你賣給我，我給妳無價之寶。」

葛宇彤冷笑一聲，無價之寶這種唬爛的話也說得出來，「哼。」

「妳想不想知道妳的前世？」一個小女孩站在攤位上，直勾勾的看著她。

前世？葛宇彤停下腳步，回望著女孩，卻看進了一雙深黑窟窿，女孩沒有眼球吶。

「我不相信那種東西。」她別過頭，繼續拖著男子往前走。

「妳應該相信的！」女孩踩在攤子上，一攤一攤的跳著走著，一路與她平行。「還是妳想知道妳的未來嗎？」

「都不想！」她氣得停下腳步，怒吼一聲。「這沒用的傢伙是非賣品懂嗎！」

暴吼聲傳遍了整條爛鬼樓巷，許多攤商紛紛掩耳，有的人甚至嚇得瑟瑟發抖……連那纏著她的女孩也都跪趴在攤子上，恐懼得哽咽。

「妳應該相信的，應該……」

搞什麼啊？葛宇彤看著那誇張的姿態，這些人也演太大了吧？這裡越待越讓她不舒服，使勁再把布萊恩扛上去一點，準備一鼓作氣離開這條巷子。

「嘿！美女！美女！」身後傳來輕快呼喚聲，葛宇彤幾分遲疑，回頭一看，居然是鴨舌帽女孩！「妳要走了喔！」

「嗯……」看見她突然跑來，讓葛宇彤有點訝異，有通行證的人就是不一樣。「妳同學呢？」

鴨舌帽女孩太自然的從那片迷霧中跑來，毫無阻礙。

「不知道耶，大家分開逛了！」她聳聳肩，「我突然想到可以先過來帶妳過去，那棟樓也要通行證才可以進去耶！」

「嗯，我知道。」她剛就進不去啊！「你們沒去地下室嗎？」

她記得安說過，那是滿布腐臭味的建物，他們一路走到地下四樓，然後門被鎖上，逃生無門。

「有啊，但挺無聊的，又窄又一堆牆，我在地下二樓看到一些玩意兒跑去看，一回身我朋友就不知道去哪裡了！大家到處亂逛吧！」她認真的思考著，「重點是我覺得在裡面吃東西不太禮貌，所以就先跑出來了！」

她非常誠懇，葛宇彤明白，因為她現在正拿出海苔捲餅乾，大方的問她要不要吃。

葛宇彤搖頭婉拒，「我不過去了，我朋友不舒服，我先帶他回飯店。」

「啊……他生病還出來玩，太辛苦了。」鴨舌帽女孩認真的打量昏死的布萊恩。

停著不動重量更沉，葛宇彤不想再抬槓，轉身就繼續往前走，鴨舌帽女孩倒是親切跟上。

「妳不回去找同學嗎？」葛宇彤不解的再瞥她一眼。

「我等等再回去，先陪妳出去好了！」鴨舌帽女孩眨了眨眼，突然積極的把手裡的食物收好，一溜煙跑到布萊恩的右邊去。

咦？葛宇彤還沒意會過來，只見她抓過布萊恩的右手，也一肩扛上自己的肩頭，重量頓時大大減輕！

「同學……」她好詫異。

「一人一邊比較不會那麼重啦！而且妳朋友是完全昏死耶，連走都沒辦法只能用拖的！」鴨舌帽女孩嘿喲的扛穩，「走吧走吧！」

「謝謝妳耶！妳真熱心！」葛宇彤不安的看著周遭投來的眼神。

「還好啦！」鴨舌帽女孩忍不住看著自己扛著的布萊恩與葛宇彤，「話說回來你們身體真好耶，穿這麼少！」

啊？葛宇彤一陣錯愕，「天氣熱成這樣，我才要佩服妳穿這麼多吧？」

盛夏的澳門有三十九度，眼前的鴨舌帽女孩跟她朋友全部都穿長袖，而且質料看起來都不薄，不是防曬這麼簡單啊！

「我算穿少了，誰知道澳門冬天這麼冷！」鴨舌帽女孩聳了聳肩，「幸好我平常身體算不錯！」

冬天？一怔，七月酷暑，鴨舌帽女孩的季節是冬天嗎？

難道……這冥市裡的時空也不足一致的？這麼想來，在鴨舌帽女孩那群人出現前的迷霧、適才她在巷口等待時，的確遠處都沒有閒雜人等，一轉眼他們就突然過了馬路。

「同學，我勸妳還是等等找到朋友後，盡快離開這裡，這個市集不太安全。」

「咦？是嗎？」女孩有點困惑，逕往一旁賣絲巾的攤子看去，攤上的老婆婆衝著她笑，她也衝人家笑開了顏。「我覺得還好耶！」

「反正，就是這樣。」該說的她都說了，「你們這麼大票？大學畢旅？」

「欸欸～不是啦！」鴨舌帽女孩突然笑得誇張，一臉興奮。「我看起來像大學生嗎？我們畢業幾年了啦！哈哈哈！我們來跨年！跨年的！」

跨年啊……瞧她笑得這麼得意，葛宇彤完全明白她沉浸在看起來很年輕的爽度裡。

啊一定也沒幾年啊，還這麼青澀！

「看起來就像學生，尤其那幾個男生……」

「噢，他們是真的大學生！我聽他們說是大三？」鴨舌帽女孩歪了頭，「不過我沒問啦，但他們真的是學生！」

「聽說？你們不是朋友喔！」

「不是啦，哈哈！」鴨舌帽女孩擺了擺手，「我們都是觀光客，在買冰時認識的，我說我有神奇夜市的通行證，問他們要不要一起去逛！」

……葛宇彤很難形容內心的驚愕，搞半天這麼一大票不是同一路人？難怪一副真的來逛夜市的氛圍，不對……不對啊！照安的旅遊心得，擁有通行證的人應該早就遭遇驚恐的歷程，才會一步步被召回爛鬼樓巷不是嗎？

「等等，所以妳不認識那其他人？」葛宇彤忍不住瞄向她，「那妳那個通行證是？」

「就只有我旁邊那個小容是我朋友，這塊磁磚就是她送我的啊！」鴨舌帽女孩邊說，又從口袋裡拿出磁磚。「我一開始還不知道這是什麼夜市通行證呢，我以為是紀念品，我們是昨天被一個老婆婆叫住，她才跟我們說這兒有神秘夜市！」

「……」葛宇彤怔了半晌不知道該說什麼，「哦……」

她朋友送她的？那個短頭髮的女孩？該不會……是想詛咒這個鴨舌帽女孩吧！拿到通行證，不是該有什麼魍魎鬼魅纏上嗎？被嚇到半死才對，安他們是這樣度過澳門假期的啊！

爛鬼樓巷會召喚擁有通行證的倉庫主人，讓他們回到倉庫去？連蠟像都會動的嚇人，安被搞得精疲力盡，出差的同事全被留在爛鬼樓巷不說，公司還氣爆，整間公司的人都被炸死了啊！

「妳那個朋友……跟妳很好嗎？」葛宇彤走了幾步，開門見山問。「我聽說爛鬼樓巷的通行證是個詛咒，她若是知情，是不是想詛咒妳？」

鴨舌帽女孩睜圓了雙眼，呆呆的看著葛宇彤，腳步緩了些。

數秒後，驀地放聲大笑。

「哈哈哈哈，美女姐姐妳好有趣啊！詛咒？」她揚了揚手裡的通行證，「這東西很脆弱耶，我不小心顧好還會碎掉，沒有這麼弱的詛咒啦！」

隨便妳。

「而且小容跟我不錯啊，我們在同一間公司上班，平常我們都在一起啊！」鴨舌帽女孩笑了又笑，「人家老婆婆都說是神秘通行證了，真的不是詛咒。」

「嗯哼。」葛宇彤懶得再說，「總之，這裡不要待。」

「我等等出去打個電話，再回去找小容，難得來一趟，好多攤還沒逛。」鴨舌帽女孩根本沒聽進去，「說不定還有跨年特別活動！」

葛宇彤覺得自己仁至義盡了，話已至此。

「裡面沒有訊號，妳不覺得奇怪？」

「這邊偏僻吧？不過就是這樣才很麻煩，我是溜出來的，我要不趕快聯絡我學長，他發現我半夜跑來這裡會氣炸。」鴨舌帽女孩提起學長，就一臉哀怨。

葛宇彤還沒來得及問，後方突然起了騷動。

「怎麼回事？」

「失火了！爛鬼樓燒起來了！」

「呀——倉庫！倉庫都在那裡啊！」

攤販們激動起來，兩個女孩架著昏死的布萊恩回頭，看見那濃霧之中火光沖天，葛宇彤滿心不可思議，那個讓安頻作惡夢的爛鬼樓……燒起來了？

火光在他們瞳孔裡跳躍著，葛宇彤留意身邊的鴨舌帽女孩，亦一臉驚恐。

「不會……不會……會的！」她喃喃唸著。

「妳朋友都還在……裡面嗎？」葛宇彤趕緊說，「火勢這麼驚人，妳現在跑回去也來不及了！」

「不不不！我剛出來時不小心弄倒東西，但是我沒找到是什麼東西……」女孩驚慌的撫著頭，「那邊好多蠟燭，我該不會……」

「不會。」葛宇彤斬釘截鐵的替她否定，「一定不是妳，弄倒蠟燭應該會立刻燒起來，妳看妳都出來多久了。」

就是她。

葛宇彤沒來由的在心底肯定，她覺得一定是鴨舌帽女孩弄倒了蠟燭或油燈之類的東西，只是直到剛剛火勢才被人注意到！

「對！對耶，我都過來多久了！」鴨舌帽女孩即刻綻開笑顏，急著要回身。「那我們快點出去，我好打電話給消防隊！走！」

「遠水救不了近火，他們這裡有自己的消防設施。」葛宇彤開始用盡各種理由阻止鴨舌帽女孩想報警的衝動。

因為如果出去了，報警後警察只會來到什麼都沒事的爛鬼樓巷；萬一鴨舌帽女孩拿著通行證領警消進去，這根本造孽吧！

兩個人架妥布萊恩的手臂，加快腳步的往巷口衝，而兩旁的攤販驚慌失措，紛紛與他們反方向衝往爛鬼樓的方向。

一時之間尖叫聲四起……甚至，夾帶了許多慘叫聲。

走出爛鬼樓巷口的那瞬間，像有人關掉電視一般，世界瞬間寂靜，沒有尖叫、沒有鬼哭神號，也沒有火光沖天，有的只有從他們面前駛過的一輛車子。

「哇。」葛宇彤忍不住讚嘆，回頭看去，只是一條漆黑靜謐的爛鬼樓巷。

「真的好神奇喔！」鴨舌帽女孩也嘖嘖稱奇，低首看向手裡的通行證。

兩個人把布萊恩暫時又扔在了爛鬼樓招牌的下方，開始積極的打電話，葛宇彤成功阻止女孩報警後，鴨舌帽女孩打了通看起來被罵到臭頭的電話，接著熱情的陪伴葛宇彤直到計程車抵達，再協助將布萊恩送上計程車。

說也奇怪，離開巷子後，布萊恩似乎漸漸轉醒。

「妳一個人沒事吧？」葛宇彤即將上車，擔心隻身在外的鴨舌帽女孩。

「我沒事的！學長快來了。」後面三個字，她說得有點如喪考妣。「我覺得我死定了。」

葛宇彤遲疑的看著她，再往不遠處瞧，果然看見一個男人焦急的朝這兒走來。

「我知道妳不信，但不要再回去了。」她瞥了眼女孩手上緊握著的牌子，「最好那種東西也丟掉。」

「咦？」鴨舌帽女孩蹙眉，「小容還在裡面……」

「進入需要通行證，出來並不需要。」葛宇彤若有所指，「如果她還出得來的話。」

鴨舌帽女孩抿著唇，葛宇彤知道她還會再回去，畢竟跟朋友一道來，裡面又沒訊號，沒有把朋友放在裡面的道理。

「我有朋友剛從裡面回來，他們大部分的同事都死了。」葛宇彤決定用簡單易懂的方式嚇嚇她，「那不是什麼夜市，那是冥府市集，以活人為藝術品材料，進去的人會永遠出不來。」

鴨舌帽女孩終於愣住了，她不可思議的看著葛宇彤，一副被嚇傻的模樣。

「就這樣，聽我的勸。」葛宇彤拍拍車門，逕自進入車內。

剩下的，就看她的選擇了。

她的話應該能直入人心，讓鴨舌帽女孩就算半信半疑，也不敢再冒險前往。

計程車緩緩駛離，葛宇彤看見那個男人一臉氣急敗壞的奔向鴨舌帽女孩，讓她較為放心。

「嗯……」身邊的布萊恩難受的嗯了聲，睜開雙眼。

「你是敏感體質嗎？」她淡淡的問。

「什麼？」他皺起眉，臉色依舊慘白的低喃。

「我絕對不會跟你交往。」葛宇彤翻了個白眼，直截了當。

不管布萊恩的錯愕，葛宇彤逕自輕笑，抓起恢復通訊的手機，看著車子經過的爛鬼樓巷，依然平靜。

飛快傳了封訊息，給遠方的朋友。

『跟妳說個好消息，爛鬼樓燒掉了！』

※　※　※

「對不起——」

鴨舌帽女孩雙手合十，高舉過頭，要趁著人家還沒開罵前先自首，可以減刑！

男人走到她面前，卻先越過她往那漆黑的巷弄裡看，雙拳握得更緊。

「妳這——」

「我說對不起了！」合十的雙手裡，還夾著爛鬼樓的磁磚。

男人一瞧，立刻抽出那塊磁磚，觸及的瞬間狠狠倒抽了一口氣！「我是不是說過這不要碰？小容送妳的東西有問題？還鼓勵妳來澳門玩？」

鴨舌帽女孩委屈的點點頭。

「丟掉！立刻丟掉！」他把磁磚塞進她掌心裡，「妳親自丟！」

「啊……可是沒有這個，我回不去耶！」女孩指向巷子，「裡面有個夜市……」

冥市，葛宇彤的聲音在她腦海中響起。

「丟掉！」男人簡直怒不可遏，「妳去哪裡？不是丟垃圾桶，直接丟回巷子裡！」

「咦？」鴨舌帽女孩還一臉無辜，「可是小容她——」

「那種朋友不必要了！用力拋進去！」男人咬牙切齒，「反正我想她也出不來了。」

「什麼？」她沒聽到後半句，遲疑的看著手裡的磁磚，又想起剛剛葛宇彤的話。

沒通行證只是進不去，但卻隨時可以出來……小容應該能出來吧。

瞥了眼學長，又被狠瞪回來，緊閉起眼，她還是將磁磚丟進了巷子裡……哎呀，那個三更半夜的把這磁磚扔進人家巷口，發出聲響吵到人家怎麼辦？

結果磁磚拋出去了，依然萬籟俱寂。

手被猛然拉動，男人扯著她就要離開，「走了！」

「那個……磁磚呢？」她丈二金剛摸不著頭腦。

「回去它的地方了。」男人凝視著漆黑的巷弄，他不知道另一頭確切是什麼，但就是不該輕易涉入。「這一帶非常詭異，我們馬上立刻離開！」

「我們是不是要等小容？」被使勁拽著往前走，女孩還擔憂著。

男人沉著聲，知道不給個答案她不會罷休，「小容的事我會處理，我會請人去找她。」

「好！你要幫我喔！唉，我剛剛都沒仔細逛耶！好好的跨年……」女孩還有點憂心，「欸，學長，怎麼辦？我覺得我好像應該可能疑似或許燒掉人家一棟樓……」

什麼應該好像或許，十成十就是妳吧！

「我是不是說過，不知道的東西不要碰？我一開始就覺得那個牌子有問題，叫妳不要太相信別人，也說過陌生的國度不要亂跑？我都暗中跟著妳來了，妳居然還敢趁我不注意溜出來？」

「但我是因為小容她——」

「陳小美！」

「哎喲！對不起啦！」女孩撒嬌的勾住他的手，「啊過十二點了，新年快樂！」

The End

後記

很意外且很快速的，重新出版的《異遊鬼簿：爛鬼樓》這麼快就問世了。

《異遊鬼簿》系列的重新出版出乎我意料的火熱，粉絲專頁裡《乾嬰屍》的新書預告下有幾百則回應更是令人驚訝。說實在的，我原本以前便利書年代的天使們都因為上班或是結婚生子，邁向人生另一個階段而沒時間看書了。

也以為現在的天使們都是這幾年才接觸到我的書的，可能什麼是《異遊鬼簿》系列都不知道；但看見《異遊鬼簿》系列這麼熱烈，真的相當感動，有一種其實天使們始終默默守護著我多年的感覺，當然我知道也有後來才接觸的天使，但無論哪種都是一種守護。

當出版社編輯傳給我《乾嬰屍》在排行榜第一的照片時，我真是驚喜錯愕，重新出版的書居然可以站到榜上，對於大家的支持守候，真的銘感五內，我們常用的「筆墨難以形容」，就是我的心情寫照。

《爛鬼樓》的新番外我想了很久，原本想再用澳門獨特的街道名寫個新篇，但又思及冥市特殊，不再逛一圈可惜，但冥市的運作在書裡也寫過了，多寫未免重複……所以，我決定把番外放在「人」上。

既是番外，便是輕鬆調性，寫些想寫的人，再想著說不定可以讓同一個世界觀裡的人碰碰面？

一樣逛冥市，個性不同，我想創造出的「火花」應該也會不一樣吧？（笑）

舊書能重出，靠的都是大家的愛護，真的深深感激，2019 開始，《異遊鬼簿》系列的十六本將會慢慢重新出現。

說個題外話，有多少人將新版的書封併在一起瞧過了？

無論新書出版或是舊書重出，能有機會出版，作者的存活均仰賴購買書籍的您，購書是對作者最直接有效的支持，於此獻上一百二十萬分的謝意！謝謝您的支持鼓勵！

笭菁

異遊鬼簿
爛鬼樓

等菁作品35

國家圖書館出版品預行編目資料

異遊鬼簿：爛鬼樓 / 等菁作. --初版. --臺北市：
春天出版國際, 2019.08
面； 公分
ISBN 978-957-741-221-8 (平裝)

863.57 108011104

ISBN 978-957-741-221-8
Printed in Taiwan

作者 等菁
封面繪圖 Cash
美術設計 三石設計
總編輯 莊宜勳
主編 鍾靈
編輯 黃郁潔

出版者 春天出版國際文化有限公司
地址 台北市信義區信義路四段458號3樓
電話 02-7718-0898
傳真 02-7718-2388
E-mail frank.spring@msa.hinet.net
網址 http://www.bookspring.com.tw
部落格 http://blog.pixnet.net/bookspring
郵政帳號 19705538
戶名 春天出版國際文化有限公司
法律顧問 蕭顯忠律師事務所
出版日期 二〇一九年八月初版
定價 180元

總經銷 楨德圖書事業有限公司
地址 新北市新店區寶興路45巷6弄6號5樓
電話 02-8919-3186
傳真 02-8914-5524